NARDO **CARVALHO**

MEDO DE **Sade**

Copyright © 2000 by Bernardo Carvalho

Capa
Marcelo Serpa

Projeto gráfico
Raul Loureiro

Revisão
Isabel Jorge Cury
Carmem S. da Costa

Dados Internacionais de Catalogação na Publicação (CIP)
(Câmara Brasileira do Livro, SP, Brasil)

Carvalho, Bernardo
    Medo de Sade / Bernardo Carvalho. — São Paulo : Companhia das Letras, 2000

    ISBN 85-359-0001-2

    1. Ficção policial e de mistério (Literatura brasileira) 2. Romance brasileiro I. Título.

00-1382   CDD-869.935

Índices para catálogo sistemático:
1. Romances : Século 20 : Literatura brasileira 869.935
2. Século 20 : Romances : Literatura brasileira 869.935

[2000]
Todos os direitos desta edição reservados à
EDITORA SCHWARCZ LTDA.
Rua Bandeira Paulista 702 cj. 32
04532-002 — São Paulo — SP
Telefone (11) 3846-0801
Fax (11) 3846-0814
e-mail: editora@companhiadasletras.com.br

Para o Henrique

Sumário

ATO 1 — 11

ATO 2 — 65

Ato 1

Não há uma luz sequer em lugar nenhum. É normal que o barão de LaChafoi, do alto dos seus quarenta e poucos anos bem vividos, não veja ninguém ao abrir os olhos. Não entende por que foi parar ali. Jogaram-no dentro do que lhe pareceu, até onde pôde aferir pelo tato, uma cela de pedra, e bateram a porta. Tudo começou quando, uma semana antes, acordou de uma noite de devassidão e excessos, dos quais infelizmente não tinha a menor lembrança, com os gritos dos guardas que o cercavam pela manhã, sob impropérios e acusações. Mal se lembrava de onde estava — e nada do que havia acontecido nas últimas horas. Alguém tinha sido assassinado. Eles gritavam, mas não revelavam quem: "Todos os que restaram vivos são suspeitos!". Como nobre provincial sobrevivente da Revolução, não era a primeira vez que ouvia aquela frase. Mas desde que o ignóbil Bonaparte tinha se sagrado imperador nunca mais sofrera humilhação parecida. Falavam provavelmente dos outros três que participaram da orgia, deduziu o barão, ainda sem levar em conta que, se tinha havido um assassinato, o mais lógico é que um deles estivesse morto e agora só restassem dois outros além dele. Foi o que salientou depois ao tribunal — e parece que esse seu raciocínio lógico foi determinante para o que depois compreenderia ser a sua internação —, arrematando que a última coisa de que se lembrava era de ter ingerido o afrodisíaco nas pastilhas de anis. Em momento algum da via-crúcis que o levou acorrentado do castelo de Lagrange, onde foi encontrado desacordado pelos guardas, a um cárcere da região e, depois de transferido à prisão de Bicêtre, em Paris, ao tribunal, e dali à cela escura onde agora se encontrava, deram-se ao trabalho de pronunciar o nome da vítima, o que justifica, já que afinal não lhe respondiam, que tenha sido dado por louco de tanto perguntar quem tinha morrido — "como se já não soubesse", era o que lhe retrucavam, num tom sarcástico de reprovação que nada acrescentava à sua ignorância. Desde que fora acordado pelos guardas, não viu nenhum dos outros três, seus companheiros de bacanal, embora tivesse logo suposto, a julgar por sua própria sorte, e uma vez que também eram suspeitos (pelo menos os outros dois que ainda deviam estar vivos), que provavelmente tinham acabado no mesmo lugar.

A situação era cada vez mais incompreensível. Desde que o acordaram no castelo — na verdade uma ruína, a única propriedade que lhe sobrara entre todas as outras tomadas pela Revolução e não recuperadas sob o Império — até levarem-no para aquela cela escura, o barão não só ignorava a identidade da vítima e os detalhes do crime de que era suspeito, mas o que diziam aquelas pessoas à sua volta. Não entendia nada. Insistiam em chamá-lo por um nome que não era o seu, embora não deixasse de fazer notar um só instante o seu título de nobreza: "Pierre de LaChafoi, barão", a despeito dos anos passados sob o Terror, quando, diante das mais diferentes autoridades, aprendeu a abjurar todos os seus atributos aristocráticos, e de ter colaborado aparentemente de bom grado, graças aos conselhos do primo, o conde de Suz, com tudo o que lhe fora exigido pela Revolução, a título de simples cidadão. Agora, já que era suspeito mesmo, fazia como se ao ser acordado pelos guardas tivesse recobrado, depois dos anos do Terror, o orgulho — visto como suicida quinze anos antes — por sua origem aristocrática, chamava-lhes a atenção sempre que lhe dirigiam a palavra naquela língua estranha, assim como mais tarde teve de corrigir o ra-

paz de branco que o levou até aquela cela que pelo tato lhe pareceu de pedra. Depois de apalpá-la inutilmente em busca de uma saída, deve ter caído num sono profundo, de desânimo, porque quando abriu de novo os olhos para a escuridão de que nada se via e disse para si mesmo, em mais um dos seus raciocínios tautológicos e tentando se lembrar de como tinha ido parar ali, que devia ser normal, já que não havia uma luz sequer em lugar nenhum, uma voz fina o recebeu com um soturno: "Finalmente!".

Quis acreditar que ainda estivesse de olhos fechados e tentou abri-los de novo. Como se já não estivessem bem abertos, arregalou-os. Continuava sem ver um palmo adiante do nariz. "Quem está aí?", exclamou ao mesmo tempo que ia se encolhendo contra a parede, de medo. Mas a voz apenas lhe respondeu: "Se eu lhe disser o meu nome, é capaz de você não suportar mais a escuridão, nem a minha presença".

Barão: Quem é?
Voz: Prefiro poupá-lo.
Barão: Que lugar é este?
Voz: Você deve estar de brincadeira.
Barão: Não. É lógico que isto aqui não é uma cadeia, embora não me pareça outra coisa. A esta hora eu já devia estar em liberdade. Não provaram nada. Onde é que estou?
Voz: Existem outros modos de punir além das prisões. Nunca ouviu falar de...
Barão: Não! Não pode ser! Eles me mandaram para Charenton! Como é que foram capazes? Só porque não tinham provas. E isso é razão? É isso o que chamam de

razão? O hospício era uma das hipóteses aventadas pelo tribunal, mas eu lhes disse que não era louco! Eu não sou louco!

Voz: É o que todos dizem.

Barão: Charenton! Não é possível! Não é aqui, afinal, que está internado o marquês de Sade?

Voz: Quem?

Barão: De Sade! O marquês... É isso! Charenton! Pelo menos alguma coisa. É a minha última chance. De algum jeito, a sorte deve estar do meu lado.

Voz: É a primeira vez que ouço tamanha asneira de alguém que acaba de chegar.

Barão: O marquês será a minha salvação.

Voz: Não há salvação.

Barão: Sabe por que vim parar aqui? Sou acusado de assassinato.

Voz: Muitos são.

Barão: Só que não matei ninguém.

Voz: É o que todos dizem.

Barão: Eles não acreditam, mas a verdade é que não sei quem matou e muito menos quem morreu.

Voz: Não é à toa que o mandaram para cá. A cadeia é para os assassinos. O hospício é para os loucos. Cada um no seu lugar.

Barão: Não estou de brincadeira. Você pode não saber quem é ele, pode até não reconhecê-lo se é que já o viu, mas se aqui é Charenton, como você diz...

Voz: Eu não digo nada.

Barão: ...ele deve estar entre nós. E é a minha salvação. Preciso achar o marquês.

Voz: Se é o que realmente procura...

Barão: Ouvi dizer há anos que ele encena peças com os loucos, que faz parte do tratamento revolucionário. Você já viu? Deve ter assistido a alguma dessas peças. Parece que os loucos se acalmam. É verdade? Parece que vem gente de Paris só para ver. É óbvio que não vão me deixar encontrá-lo. Farão tudo para impedir esse encontro. Mas não posso perder a cabeça. Nos piores momentos, consegui mantê-la no lugar. Por um triz não a perdi. Fui salvo na última hora. Graças ao conde de Suz. Não vai ser agora que hei de perdê-la. Tenho de me concentrar, concentrar. Quem sabe o marquês não está com uma dessas peças para estrear um dia desses? E se eu estiver na platéia, talvez, ao reconhecê-lo em cena, possa me manifestar.

Voz: Manifestar?

Barão: Posso me levantar e contar o que me aconteceu.

Voz: Por que não conta logo?

Barão: Só ele pode me ajudar.

Voz: Ninguém pode ajudá-lo.

Barão: Ele pode matar a charada.

Voz: Charada?

Barão: O homem é o demônio em pessoa, e um gênio.

Voz: Estou aqui faz tempo e nunca ninguém me chamou de gênio.

Barão: É o que ele é. Me diga de uma vez se sabe ou não como posso encontrá-lo. Se já o viu no hospício. Se há alguma peça programada.

Voz: Por que não conta logo o que aconteceu?

Barão: Por favor!

Voz: Como posso matar a charada se não sei nem mesmo em que ela consiste? (*silêncio*)
Barão: Quem é você?
Voz: Tentei poupá-lo, mas já que insiste tanto...
Barão: Mestre?
Voz: Mestre?
Barão: Não é possível! Devo estar sonhando. Diga que é verdade! Não acredito nos meus ouvidos. Que sorte a minha! Então é verdade. O senhor foi jogado neste chiqueiro para ser esquecido. Depois de tudo o que fez pela Revolução. Depois de tudo aquilo de que abdicou. Comigo foi a mesma coisa. Eles não têm colhões para a verdadeira Revolução. Agora, que está velho, no fim da vida, querem fazer sumir o seu nome, querem calar a sua reputação. Eu sempre quis encontrá-lo!
Voz: Do que está falando? E depois diz que não é louco.
Barão: Não, não sou louco. Veja o que me aconteceu por seguir os seus passos.
Voz: Vamos partir do princípio de que cada um se responsabiliza por si, está bem assim?
Barão: (*embevecido*) Mestre!
Voz: Não me chame de mestre, bucéfalo!
Barão: Não posso acreditar nos meus olhos. Pena que não posso vê-lo. O senhor aqui, entre nós. Deixe-me tocá-lo, pelo menos.
Voz: Não! Não faça isso!
Barão: Enfim, alguém que fala a minha língua. Só o senhor pode me explicar o que deu errado. Seguimos passo a passo as suas instruções.

Voz: Instruções?
Barão: As pastilhas de anis.
Voz: Nunca dei nenhuma instrução a ninguém. Que pastilhas?
Barão: As da noite de Marselha, com as cantáridas, o afrodisíaco, lembra?
Voz: É um idiota.
Barão: Fizemos igualzinho! Na verdade, não fui eu. Mas a baronesa me garantiu que era a mesma receita.
Voz: Só me faltava essa! Dividir meu quarto com um...
Barão: Barão, barão de LaChafoi.
Voz: Barão...
Barão: Só o senhor pode resolver esse mistério.
Voz: Que mistério?
Barão: Não ouviu falar da noite de Lagrange?
Voz: Do que está falando?
Barão: Pelo que me disseram, esteve em todos os principais jornais da Europa.
Voz: Diga de uma vez o que tem a dizer.
Barão: Sou um libertino.
Voz: Ah!
Barão: Como o senhor, mestre.
Voz: Bucéfalo!
Barão: Suas histórias correm os salões mais secretos de toda a França. Foi neles que fiz a minha educação. Sou um discípulo esmerado. Ouvi todas elas, desde o que fez com a pobre Rose Keller no domingo de Páscoa (*solta um risinho agudo*) até a fascinante noite de Marselha. Já é lenda. E a baronesa conseguiu a receita.

Voz: A baronesa?
Barão: Foi ela quem trouxe as cantáridas trituradas.
Voz: Trituradas?
Barão: Segundo a mesma fórmula que o senhor utilizou.
Voz: Que fórmula?
Barão: O afrodisíaco, homem! Desculpe... senhor. As pastilhas de anis! A baronesa conseguiu por meios que não me revelou a mesma fórmula que o senhor serviu às quatro prostitutas na célebre noite de Marselha. Não se faça de surpreso! Está entre amigos. Para meu espanto, ela pediu para ser iniciada e planejou o festim de acordo com o seu. Queria seguir passo a passo a sua noite de Marselha. O senhor, o seu vassalo Latour e as quatro prostitutas. Só tivemos que nos adaptar às contingências, porque fui pego de surpresa, e em vez de quatro mulheres tivemos de nos contentar com duas. Havia uma menina além da baronesa. Pela primeira vez, a baronesa queria participar a qualquer preço, logo ela, garça!, estava ansiosa para tomar parte numa bacanal depois de tantos anos recusando o sexo, contanto que não houvesse nenhuma prostituta para completar o grupo, como das vezes em que eu mesmo tinha organizado os meus festins. Éramos apenas quatro: a baronesa; meu primo, o conde de Suz, que apareceu com ela na última hora e também insistiu em participar pela primeira vez; Martine, a mais bela criada que o conde jamais sonhou em ter, e eu. Se o meu raciocínio estiver correto, também devem estar aqui em Charenton. Devem ter chegado esta manhã, como eu, ou por estes dias. Ontem, tal-

vez. Ou quem sabe amanhã. Se também são suspeitos. O senhor deve tê-los visto. Ao menos dois deles. Os que sobreviveram. Quem não estiver aqui é o morto.

Voz: O morto?

Barão: A vítima. Pode ser tanto a baronesa, como o conde ou até a bela Martine, o que seria sem dúvida a maior das infelicidades, uma perda irreparável. Nem sei qual é o pior desenlace para mim. Se for a baronesa, podem alegar que tentei me livrar dela para me casar com a criada do conde. Ou que quis me vingar de seu comportamento pudico ao longo dos anos, da humilhação a que me submeteu com suas recusas de esposa casta, e que decidi puni-la durante a orgia, agora que finalmente se submetia aos meus desejos. Quem não conhece a história, e não sabe de tudo o que ela me fez passar desde que nos casamos, pode pensar que fiquei enlouquecido de ciúmes quando a minha própria esposa me pediu para participar de uma orgia, depois de me dizer que tinha sido informada das minhas libertinagens pelo meu primo, o conde de Suz — na realidade, ele não tem culpa nenhuma nessa história, tudo o que ela soube sobre mim ouviu em Marselha e Bordéus —, e que resolvi submetê-la aos piores castigos para que nunca mais lhe passasse pela cabeça tentação semelhante. Podem achar que perdi o controle e a matei, já um pouco tonto, sob o efeito dos afrodisíacos — que fórmula estranha! —, enquanto ela me perguntava, assustada, o que estava acontecendo, o que eram aqueles suplícios. Vão dizer que os flagelos que lhe infligi escaparam ao meu controle, e que acabou morrendo sob os meus açoites. Pela mesma hipótese, podem dizer que matei o conde por ter revelado as minhas noites libertinas à baronesa, mas não foi ele, eu já disse. Ou que matei o conde para tentar libertar Martine do seu jugo. Se a vítima for Martine, minha paixão — mas não pode ser ela! —, dirão na certa que não suportei vê-la nas mãos do conde e da baronesa ao longo de toda a noite, e que matei por ciúmes, e se jurar mais uma vez que sonhei o tempo todo — que fórmula estranha! — dirão que estou mentindo. Não me lembro de nada. Quando acordei pela manhã, soube que alguém tinha morrido. Ou melhor, que fora assassinado. Mas não sei quem. Também não sei quem matou. Prenderam-me sob acusação de homicídio. E também aos outros. Eu imagino, porque até agora não os vi. Não os vi ao acordar no castelo. Estamos todos sob suspeita, à espera do julgamento, eu imagino. No tribunal, eu não entendi nada. Falavam uma língua estranha. Todos os que restaram vivos são suspeitos, foi o que ouvi. Se ao menos eu soubesse se os outros estão aqui, quem está aqui comigo, poderia descobrir quem morreu. Por eliminação. Quem não estiver aqui é o morto.

Voz: Você está me saindo um verdadeiro iluminista, meu caro barão. Se estão aqui todos os que sobreviveram, quem não está só pode ser o morto. É lógico. Aparentemente muito lógico. O que não tem a menor lógica é ser acusado de assassinato e desconhecer a identidade da vítima. É preciso estar desperto para gozar o prazer do assassinato, que é o maior de todos os gozos.

Barão: Foi o que eu disse e repeti mil vezes. Estou dizendo que não matei ninguém! Sou inocente! Ou pelo menos até onde eu sei. Não me lembro de nada. A última coisa de que me lembro foi de ingerir a pasta das cantáridas, a sua fórmula.

Voz: Não sei do que você está falando, homem.

Barão: Não o estou acusando, mas a baronesa me garantiu que seguiria a sua receita. Passei a noite desacordado. Quando voltei a mim, o crime já tinha sido cometido, pelo que me disseram, e eu estava sendo preso. Acham que sou louco porque não sei quem morreu, muito menos quem matou. Mas eles também não me dizem. É disso que depende a minha defesa! O senhor não vê? Preciso descobrir quem morreu para ter uma pista e descobrir o assassino. Preciso saber quem morreu para deduzir os motivos de quem matou. Antes que me condenem. Antes que cometam uma injustiça. Só o senhor pode me ajudar a desvendar o crime, cujos principais detalhes desconheço. Poderei pelo menos fazer com que acreditem que não fui eu se souber explicar o que aconteceu. Mas nem isso eu sei. É o que tentam impedir. Não querem que eu saiba quem morreu, porque assim também não poderei me defender.

Voz: O que garante que não foi você? Que não está mentindo? O fato de não se lembrar também não quer dizer muita coisa. Quem garante que não é mesmo louco e que, numa crise, tenha cometido o crime?

Barão: Eu juro, mestre!

Voz: Não me chame de mestre!

Barão: Eu lhe suplico. Minha defesa depende da sua ajuda.

Voz: De que pode ser útil a minha ajuda? E quem garante também que estou disposto a socorrê-lo?

Barão: É um homem vivido. Passou por vários excessos. Conheceu as mulheres e os homens. Talvez se eu lhe contasse toda a história...
Voz: Então o quê?
Barão: Então, talvez pudéssemos juntos chegar a uma solução.
Voz: Como? Não há solução!
Barão: Uma alma desinteressada pode ver melhor e interpretar.
Voz: Quem disse que tenho alma? E mesmo que tivesse, por que a minha e não outra qualquer?
Barão: Porque o senhor não acredita nos sentimentos.
Voz: O quê?
Barão: Sou um libertino desvirtuado. Tenho contra mim o ciúme e o amor. Ao contrário do senhor. Sou um verme, um mísero escravo dos sentimentos. Sofro de ciúme e de amor. Dependendo de quem for a vítima — e isso é o que eu mais temo —, não faltarão motivos para me incriminar. Mas o senhor, mestre, é o único a não levar isso em conta. Seu olhar não é somente desinteressado, mas ignora o que chamam de verdade dos sentimentos, e que não passa de uma grande mentira. Sabe que só os instintos dizem a verdade que os hipócritas não querem ouvir. É o único capaz de tirar da minha história um juízo justo. É capaz de ignorar os meus sentimentos, que sejam quais forem nada têm a ver com esse crime, e desvendar o verdadeiro assassino, me fornecendo ao mesmo tempo os argumentos da minha defesa.
Voz: E do que se trata afinal a sua história?
Barão: Das minhas núpcias.

Voz: Você dizia que era uma noite de excessos e devassidão.

Barão: Justamente. Mas para que o senhor possa entender tenho de voltar à tarde em que recebi uma carta da baronesa, dias depois do nosso primeiro encontro, há quinze anos, quando deu a entender que também me desejava e me sugeriu que queria ser minha noiva, provar comigo a inexistência de Deus. Foram essas as suas palavras. Gosto das mulheres que sabem usar as palavras. Foi o conde de Suz, meu primo e confidente, quem me trouxe a carta, dias depois daquele primeiro encontro. Aliás, foi ele quem me apresentou a baronesa, no que sobrou da sua propriedade. Na carta, ela anunciava que partia para o exterior com os pais, emigrava para fugir ao Terror. Assim, de supetão. Aparentemente, nada disso estava planejado quando fomos apresentados um ao outro dias antes. Na carta, não me explicava mais nada. Só dizia que tinha de partir com a família. Me pedia paciência. E por amor eu cedi. E, por desespero, para revê-la ao fim de sete meses infindáveis, admiti me casar, o que ia contra todos os meus princípios, e mesmo contra a Revolução, me casar com uma emigrante arrependida só tornava a minha situação já bastante delicada ainda mais incômoda. Ao final de sete meses de separação, recebi uma carta dela em que concordava em voltar, em atender às minhas súplicas e sob o risco de ser recebida como emigrante, de sofrer as punições de uma traidora da pátria — sabia me excitar com sua imaginação! —, contanto que fosse para se casar comigo. Dizia estar disposta a tudo por amor. Voltaria na clandestinidade se preciso fosse. Sou um escravo dos sentimentos, e não demorou para que me apaixonasse quando o conde me apresentou a baronesa no que sobrou da sua propriedade. Bastaram umas poucas horas. Que mulher! Quando desapareceu em seu exílio, só fez aumentar a paixão. A paixão faz ceder. Também cedi quando, depois de quinze anos de casado, ela me apareceu assim sem mais nem menos no castelo de Lagrange, nas ruínas do castelo, a parte que me coube quando os outros bens foram desapropriados, me pedindo pela primeira vez para participar de uma das noites que eu organizava na sua ausência. Passou fora a maior parte dos quinze anos em que estivemos casados. Em Marselha e Bordéus, sabe-se lá fazendo o quê. Mal sabia ela que, daquela vez, excepcionalmente, ao contrário de todas as outras noites de que certamente ela ouvira falar em Marselha e Bordéus, não seria uma orgia. Sou fraco. Como disse, um escravo dos sentimentos. E, com as viagens da baronesa, ao final de quinze anos sozinho, quinze anos de devassidão, entregue aos meus próprios instintos, quinze anos que em nada diferiam dos meus anos de solteiro, acabei me encantando por uma menina. Aquela noite seria a segunda vez que nos encontrávamos.

Nesse instante, aterrorizado pelo que acredita ser uma visão, o barão interrompe seu relato.

Barão: Senhor, me desculpe, sei que está escuro, e que não vejo um palmo adiante do nariz, mas tive a impressão de vê-lo por um instante. (*silêncio*) Sei que não é possível, que não pode ser, mas... (*silêncio*) Tive a impressão de que o senhor é... negro?

Voz: Como você bem percebeu, está escuro. Deve estar tendo alucinações. É comum. A escuridão produz visões, faz ver coisas. Na escuridão, cada um vê o que quer.

Barão: Certamente, certamente... Bem, quando meu primo, o conde de Suz, me apresentou a baronesa, no que sobrou de sua propriedade, às vésperas do Terror, eu estava precisando mesmo de uma esposa, mais por imposição das circunstâncias, para me salvar a pele, já que minha fama começava a me fazer alvo fácil de inimigos disfarçados de revolucionários. Sempre tive fama de libertino, o casamento vai contra os meus princípios, mas as circunstâncias exigiam que me casasse, segundo o conde. Eles nunca tiveram colhões para a verdadeira Revolução, mestre, e foi por procurar segui-la ao pé da letra que acabei ironicamente obrigado a salvar minha pele no matrimônio. Pois vinha a calhar, porque ela era linda. E já estava passando da idade. Não podia continuar solteira. Conseguiu me convencer ao final de sete meses de ausência, embora me casar com uma emigrante arrependida àquela altura fosse mais arriscado do que ficar solteiro, com a minha reputação.

Voz: Se era tão linda, porque ainda não tinha se casado?

Barão: O conde me disse que ela era exigente. Foi graças a ele que nos conhecemos no que sobrou da sua propriedade e nos casamos sete meses depois, quando eu já estava louco, querendo revê-la, implorando que voltasse do exílio. Foi muito esperta. Dessas que sabem fisgar um homem. Sabia que eu era um libertino, que resistiria à prisão do casamento até o final, e soube me conquistar. Foi a tática mais perfeita. Depois de se insinuar e me seduzir, com seus peitinhos apertados pelo corpete de prata, me propondo provar a inexistência de Deus, desapareceu por sete meses, alegando que tinha emigrado. Uma desculpa esfarrapada. Não foi a lugar nenhum, porque, se tivesse realmente emigrado, voltar lhe exigiria a coragem cuja falta justamente a incitara a partir. É óbvio. Não sou burro. Ela justificou com a paixão. Voltava por paixão. Disse que voltaria na clandestinidade. Uma desculpa esfarrapada. Mas uma belíssima tática de sedução. E isso eu admiro. Admiro as mulheres que sabem usar as palavras e alcançar seus objetivos com paciência. Se tivesse mesmo deixado o país, como é que não teria problemas ao voltar sete meses depois? Nem com o auxílio do conde, e seus contatos, ela teria conseguido passar despercebida. E todas as cartas que me enviava? Como é que conseguia? Me deixou louco, a lhe suplicar a sua volta imediata nas cartas clandestinas que meu primo, o conde de Suz, conseguia fazer chegar até ela, através das fronteiras e das frentes de batalha, sabe-se lá como, para depois me trazer as respostas dela, garça!, acirrando o meu desejo com a lembrança dos peitinhos comprimidos pelo corpete de prata que eu já não podia tocar.

Voz: Por que o conde servia de intermediário?

Barão: Porque tinha contatos. Sempre teve contatos. É um homem do momento. Primeiro, na Assembléia. Depois sob o Terror e no Consulado. E agora no

Império. Foi assim que conseguiu salvar o que lhe restou de suas terras, e as ruínas do meu castelo. Sabe tomar o rumo favorável aos novos ventos. Ia e vinha. Ia e vinha. Na verdade, foi cúmplice dela. Queria ver-nos juntos. E ele me conhecia! E me aconselhava. Queria o meu bem.

Voz: Por que você nunca foi vê-la onde ela estava se o desejo era tão ardente?

Barão: Eu não podia! Seria tomado por emigrante, por traidor, o senhor não vê? Perderia o castelo, aquelas ruínas que me restaram entre todos os meus bens. Teria a guilhotina me esperando na volta. Todos os esforços de serviço à Revolução, sempre sob orientação do conde, para salvar a minha pele e o castelo, a única coisa que não cedi à Revolução de livre e espontânea vontade, tudo teria ido por água abaixo. Foram tempos difíceis, o senhor sabe. Talvez pudesse ter saído na clandestinidade, se ao menos soubesse onde ela estava. Mas ela não dizia. E o conde também não. Alegava que não podia, para a própria segurança dele e da baronesa. E a minha! Dizia que era para o meu bem, estava me protegendo da minha paixão. Para que eu não acabasse perdendo a cabeça. Fazia parte da tática de sedução dela, está claríssimo. Esconder-se. Ela queria estar envolta em mistério, garça! Não podia sair da França e depois voltar sem sofrer as conseqüências. Que estratégia! E não há nada que eu admire mais do que quem sabe cultivar o desejo alheio. E ela sabia me fazer perder a cabeça. As cartas eram o nosso único contato. E o que ela me dizia! Como descrevia o calor do seu corpo à espera do meu, que nunca vinha, que nunca vinha, é claro, porque ela escapava, era o meu fantasma, o meu desejo insaciável. E foi assim que ela me conquistou. Ao final de sete meses, quando eu já não agüentava mais, quando ela já era pura fantasia, escreveu que só poderia me reencontrar no matrimônio, de medo do que eu fosse capaz, do que pudesse fazer com ela depois de tantos meses de desejo acumulado. Admitia voltar à França, garça!, pondo sua vida em risco, se fosse para se casar comigo. E eu cedi, por amor. A segunda vez que a vi foi no altar.

Outra vez, o barão interrompe o que diz; esfrega os olhos.

Barão: Senhor, desculpe, mas tive novamente aquela visão. Tive a impressão de vê-lo. O senhor tem certeza de que...?
Voz: Já disse que são alucinações. É normal quando não há uma luz sequer em lugar nenhum. Vamos em frente com o que interessa.
Barão: ...Quando a vi no altar, já não podia voltar atrás. Percebi que não era a mulher que eu tinha imaginado, está claro. No altar, elas nunca são. E eu sabia. O casamento é uma farsa que se desmascara diante de outra, na igreja, ao pé de Deus. Depois de sete meses de pura imaginação, tinha me esquecido da realidade que havia visto uma única vez. Mas ainda estava cego. Só depois, na alcova, pude ver, com todas as luzes, que tinha sido traído pela estratégia ardilosa em que ela me enredara, garça! Não havia mais os peitinhos apertados pelo corpete de prata. Não era feia. Não, longe disso. Era só uma mulher, como todas as outras, e não a deusa que eu

tinha pintado por sete meses. Sobretudo porque não queria nada comigo. Representava mal o papel de esposa e sempre que podia se afastava. O casamento nunca chegou a ser consumado. Ao contrário do que escreveu durante aqueles sete meses de ausência em suas cartas inflamadas de desejo, agora só queria manter a distância. Como se de repente tivesse voltado atrás, mudado de idéia. Mas aquilo só me deixava ainda mais louco. Eu já estava disposto a tudo, a violentá-la se fosse o caso, se continuasse com o seu teatro. Mas antes que eu tivesse a chance, uma semana depois das núpcias, ela já estava de volta a Marselha, resolvendo, como sempre, negócios familiares. Era uma negociante. Vivia fazendo contas. Calculava tudo. E foi o que fez comigo. Me enganou. A diferença é que agora já não precisava mais das cartas. Estava ligada a mim pelos laços do matrimônio. Tinha alcançado o que queria. Não precisava manter acesa a chama do desejo. Durante os quinze anos de casamento, passamos a maior parte do tempo separados. Do mundo de que nada se leva cada um tenta tirar o melhor, e foi o que eu fiz. Logo percebi o conforto daquela situação, o que ela me propunha no silêncio do seu afastamento: provar a inexistência de Deus. Que eu seguisse com a minha vida libertina e a deixasse em paz, e que em troca teria todos os álibis do casamento, como ela. Era uma espécie de contrato. Ela era uma negociante. Conseguiu o que queria. Estava passando da idade. Precisava se casar. Os festins no castelo de Lagrange, o que me coube daquelas ruínas, ficaram famosos, enquanto a baronesa passava a vida na cidade, consumida por seus afazeres e pequenos negócios, sem me importunar. Era ao menos o que me dizia, embora mais de uma vez tenha sido vista em Marselha e em Bordéus, em recepções e jantares de boa vida, com aquela gente muito alegre a despeito da *débâcle* do país. Foram quinze anos de um acordo tácito que a mim muito convinha. Até que conheci Martine, a criada com que o conde de Suz não podia nem sonhar. A menina de quem falei. Planejei a célebre noite de Lagrange só para ela.

Voz: E o conde?

Barão: Também apareceu naquela noite, mas só na última hora.

Voz: Não, parvo! Nesses quinze anos! Onde ele andou nesses quinze anos, depois do Terror?

Barão: Foi meu maior confidente. Esteve muitas vezes ao meu lado. Devo-lhe a vida. É um homem do mundo, cheio de ligações. Mais de uma vez conseguiu evitar que eu fosse incluído na lista de suspeitos. Nunca participou de uma orgia no castelo, mas me arrumava as mulheres e os homens de que eu precisava. Nunca quis participar. E não foi por falta de convites. Eu queria lhe retribuir tantos favores, mas ele sempre declinava minhas ofertas. Ao que tudo indicava, as minhas noites nunca lhe apeteceram. Até a última, pelo menos. Porque da última vez foi ele que se convidou. Na última hora. E eu aceitei, é lógico. Não podia recusar. Ele só queria o meu bem. Entendia a minha filosofia. E me respeitava. Logo que a baronesa começou com suas histórias e foi embora para Marselha, ele me arrumou as melhores mulheres da região. Uma vez, chegou a trazer três prostitutas de Paris. Arrumava as mais lindas mulheres do Midi, que se prestavam a tudo. Me ajudou a entender os caprichos da baronesa, que não era uma mulher da alcova, e me fez compreender que ela tinha lá os seus motivos. Também ele tinha seus probleminhas domésticos. A condessa, ao que parece, também passava a maior parte do tempo longe do conde. Detestava a vida de província. Era o que dizia. E meu primo me deu a entender que certas mulheres não apreciam os prazeres da carne. Porque tiveram seus instintos solapados pelas convenções. Como é que podia acreditar naquilo? É verdade que me consolou muito saber que ele tinha passado pela mesma humilhação que agora eu sofria, mas aquela idéia de que a baronesa, como a condessa, pudesse estar com os instintos solapados, só reforçava a minha vontade de corrompê-la e rebaixá-la para trazê-los à tona. Ele mal via a condessa. Não tiveram filhos. Devia se consolar de alguma outra forma. Mas eu não perguntava. O conde é um homem discreto. Devo a ele a discrição com que trazia seus carregamentos de mulheres e homens ao castelo, os exemplares mais depravados da espécie, se arriscando mesmo debaixo do Terror. Assim como me ajudava, também devia tirar proveito próprio dos seus contatos. É estranho que o senhor nunca tenha ouvido falar das noites de Lagrange e em especial da última, que foi assunto de todos os principais jornais da Europa pelo que me disseram, embora não chegasse aos pés das anteriores em matéria de devassidão. Éramos apenas quatro. Fui pego de surpresa. Não era para ser uma orgia. Era uma noite especial para a criada do conde. É verdade que nunca tinha morrido ninguém das outras vezes, mas nada foi planejado, acredite. Ao contrário das outras, que eu organizava minuciosamente, muitas vezes com a colaboração do conde, não esperava convidados para aquela noite. Tive de mudar os planos na última hora, por causa da baronesa. Uma coisa completamente inesperada e descabida. Eu tinha previsto uma noite a sós com Martine, a criada do conde, que encontrei justamente quando resolvi procurá-lo no que sobrou de suas terras, coisa que não fazia desde que conheci a baronesa, quinze anos antes. Desde aquele almoço em que me apresentou a baronesa, ele sempre me procurava as mulheres e os homens de que eu precisava. E desde que conheci a baronesa, nunca mais tinha voltado ao que sobrou das terras do conde. Ele era sempre muito obsequioso. Era ele que vinha me ver. Tomava a iniciativa antes que eu pudesse pensar em me deslocar até ele. Mas agora já fazia mais de um mês que não aparecia. Mais de um mês sem notícias dele, e eu precisava de novos cidadãos dispostos a participar de uma noite que vinha imaginando já fazia algum tempo. O conde podia estar enfermo ou até ter morrido num duelo ou, pior, ter sido incluído na lista de traidores por uma acusação falsa de algum asseclo do imperador. Uma pessoa com tantos contatos atrai muitos inimigos também, e este mundo está cheio de caluniadores. Tinha sido sempre tão prestativo, o mínimo que eu podia fazer era procurá-lo no que sobrou da sua propriedade, e ir ao seu socorro se preciso fosse. Foi quando se deu o milagre. Quando menos esperava. Lá estava ela, aquela preciosidade. É curioso que, quinze anos depois da baronesa, eu tenha conhecido Martine, as duas no que sobrou da propriedade do conde. E que tenha me apaixonado por ambas. Quando cheguei ao que sobrou das terras do conde, nem ele nem a condessa estavam lá. Temi pelo pior. Ele era um homem hábil. Nos piores momentos, teve de abrir mão de parte da propriedade e dos bens para conservar o melhor. Entendeu a situação. Soube se aliar às pessoas certas nos seus empreendimentos. E também me aconselhou. Mas a gente nunca sabe. Com tantos interesses em jogo, os aliados podem ser os primeiros a apunhalá-lo pelas costas. Pelo que me informaram, a condessa não pisava lá fazia anos. E do conde não me disseram nada. Só que não estava. Foi quando aconteceu o milagre. Ela surgiu dos fundos da casa, era uma moça maravilhosa, com os seios apertados pelo corpete de prata como os que eu guardava na lembrança da primeira vez que vi a baronesa, os mesmos peitinhos, encobertos pelos cabelos de ouro que lhe escorriam pelos ombros. De onde havia surgido aquela criatura? A última criada que havia restado ao conde? Ela era a baronesa como eu a havia imaginado da primeira vez e ao longo dos sete meses em que fiquei sem vê-la antes do casamento. Era uma miragem. A mulher mais linda. A baronesa tal qual a imaginei por sete meses de espera, e que desapareceu quando a vi no altar e sobretudo com os anos de recusa em ceder aos meus crescentes desejos de aviltá-la. Perguntei como se chamava e ela me disse. Perguntei quantos anos tinha e ela disse. Quinze. Disse também que o conde só voltaria na semana seguinte. Tinha ido a Paris. Perguntei desde quando ela estava ali. Ela riu. Disse: Desde sempre. Estava explicado. Fazia quinze anos que eu não voltava ao que sobrou das terras do conde. Não podia tê-la visto mesmo. Depois, me segredou que, na verdade, tinha fugido de um convento em que se preparava para o noviciado. Antes que a superiora pudesse se aproveitar dela, o que era mais do que compreensível. E que acabou ali como criada. Convidei-a na hora a me visitar. Senti no seu olhar uma sede de vingança, sem entender do quê. Tinha a pele e as mãos finas. É normal que uma moça como ela se revolte contra a sua condição. E que eu pudesse servir à sua vingança do mundo só me excitava ainda mais os sentidos. Meu corpo a serviço da vingança de uma criada. Sorriu com seus lábios carnudos. Tentei beijá-los, mas ela se afastou. Simulava timidez. Ela era para mim. Pérfida na pureza. Fiz de tudo para que fosse me ver no castelo. Não lhe disse que não passavam de ruínas. Prometi tirá-la dali e ela começou a rir, riu muito, muito mesmo, a ponto de me assustar. Achei que pudesse tê-la enlouquecido. Mas logo se recompôs. Sabia o que estava fazendo, e isso eu admiro. Admiro as mulheres que sabem seduzir e usar as palavras. Ela era para mim. Esqueci as minhas orgias. Esqueci todo o resto e o que eu tinha ido fazer ali. Era ela que eu queria. Pedi que fosse ao castelo de Lagrange antes da volta do conde, na noite do segundo sábado do mês, quando eu programava as minhas orgias. Mas dessa vez, eu lhe expliquei, seria uma noite só para ela. Estava apaixonado. Me apaixono muito facilmente. Sou um libertino desvirtuado, um escravo dos instintos mas também dos sentimentos. Ela sorriu e aceitou. Depois de muita relutância. Disse que viria no sábado antes da volta do conde. Mandarei buscá-la, eu disse. Vi que estava encantada. Via pela sua respiração nervosa, arfando o corpete. Era minha. Entenda que para ela eu não estava planejando uma orgia. Era, excepcionalmente, uma noite só para nós dois. Daí que não pude acreditar no que vi quando o conde me apareceu no castelo de Lagrange, bem antes da sua volta prevista, justamente na noite do segundo sábado do mês, quando eu costumava promover as minhas orgias, e ainda por cima trazendo a baronesa que eu não via fazia meses. Apareceram poucas horas antes da chegada da criada. Não pude acreditar no que vi e ouvi. Pela primeira vez em quinze anos, a baronesa me pedia para participar de uma das noites no castelo. A baronesa, minha esposa. Dizia que tinha ouvido histórias em Marselha e Bordéus sobre a minha fama. Depois de quinze anos, estava pronta a descobrir os prazeres do sexo. Soltei uma gargalhada. Mas o conde não riu, nem ela. Gargalhei. Que ironia! Depois de tantos anos sonhando em desonrá-la. Logo agora, que tinha encontrado aquela luz no meu caminho. Era tudo muito inconveniente. Puxei o conde num canto. Pedi que me ajudasse mais uma vez e tirasse a baronesa dali, estava estragando a minha noite. Ele me disse que achava melhor eu concordar com o que ela me pedia. Disse que também participaria, em solidariedade a mim. A mim?, eu gritei, e comecei a rir de novo. Foi quando ele perguntou onde estava a criada. Não sei como ficou sabendo. Provavelmente um dos outros empregados que trabalhavam na roça ou na estrebaria, alguma bruxa cansada de limpar a merda das vacas e invejosa da beleza de Martine, a denunciou. Respondi, tentando disfarçar a minha surpresa, que ela já devia estar chegando, tinha mandado a carruagem buscá-la, e perguntei-lhe onde havia encontrado aquela formosa criatura. Eu perguntava e ria, mas o conde não. E também não respondia. Antes de eu puxá-lo num canto, a baronesa me havia dito que tinha conseguido a fórmula do seu afrodisíaco, mestre, aquele das cantáridas. Estava ansiosa enquanto falava, nervosa, pronta para tomar parte no festim. Logo agora, que eu estava apaixonado por outra, depois de quinze anos de devassidão tentando esquecê-la, quinze anos de ausência, ela queria participar de uma das minhas orgias. E o conde! Tentei dizer a ele que eu estava apaixonado, e que tinha pensado até em não promover uma orgia naquele sábado, excepcionalmente. Tinha de falar com cuidado para não ofendê-lo, agora que se dizia pronto a participar também, sodomita de última hora. Mas ele repetiu que não achava uma boa idéia contrariar a baronesa. Nós nos entendíamos bem, eu e o conde. Resolvi aceitar os seus conselhos. Meu encontro com Martine ficaria para outra vez. Logo depois de me falar das cantáridas, a baronesa disse que tinha apenas uma exigência, já que era a primeira vez: além do conde e de mim, queria apenas mais uma mulher, e que não lhe arrumássemos uma prostituta. Mal sabia que naquela noite eu só esperava a criada do conde e mais ninguém. Não tinha preparado orgia nenhuma. Só a criada de quinze anos, pronta para ser deflorada. Assim como com a baronesa, quando a vi pela primeira vez no que sobrou da propriedade do conde, tinha sido fulminante, o que os hipócritas chamam de amor à primeira vista. Não ia deixar os dois estragarem tudo. Se ao menos pudesse impedir a chegada de Martine e substituí-la por uma prostituta, saciaria a vontade intempestiva da baronesa naquele sábado e no seguinte traria a criada de volta. Mas a baronesa não admitia uma prostituta na sua primeira noite de devassa. Quebrei a cabeça. Não podia pôr tudo a perder pelos caprichos de uma garça que durante quinze anos refutou todas as minhas investidas de direito, como marido. O que ela queria agora com sua conversão súbita ao sexo? Foi o que eu perguntei ao conde, irritado por ter de mudar os meus planos. E ele me respondeu que as mulheres farejam longe. Elas têm um sexto sentido. Logo agora que eu estava apaixonado por outra, ela me pedia para ser submetida à punição da minha vara. Queria passar pela correção do marido, ser castigada pelos quinze anos de relapsa, e ainda me fornecia o afrodisíaco. Ao mesmo tempo que me sentia frustrado na minha noite de amor — tinha decidido preservar meu encontro com Martine, queria descobrir sozinho a perfídia daquela pureza de quinze anos —, confesso que não continha mais a excitação de me ver em breve fustigando a baronesa, aquela garça!, depois de quinze anos de respeito às suas recusas pudendas. Já não era a mulher que conheci no que sobrou da propriedade do conde. Nem mesmo a que revi no altar sete meses depois. Tentei fazer o conde convencê-la de que tudo aquilo não fazia o menor sentido. Inutilmente. A mim, só restava esperar. A baronesa dizia: uma bacanal de câmara. Dava para ver que não sabia do que estava falando. Onde já se viu? Uma bacanal de câmara! A baronesa! Ela dizia: Quero ser iniciada com uma cerimônia discreta. Como se falasse de um batizado tardio. Confesso ter me passado pela cabeça que tinha por fim chegado a hora da minha vingança depois de quinze anos de refugos pudicos, égua! Imaginei submetê-la aos horrores de uma noite libertina para aviltá-la até a morte. Ela bem que merecia. Mas foi só um pensamento interrompido pela visão do conde entrando no que restava dos salões do castelo com a minha doce Martine. Tinha ido esperá-la no que restava do portão. Eles realmente estavam decididos a acabar com a minha alegria. A baronesa tinha posto sobre a mesa a travessa com as pastilhas de anis em que dissolvera a pasta das cantáridas, segundo a sua receita. No caminho, que lhe consumira dois dias, de Bordéus até Lagrange, tinha passado pela casa de um alquimista que lhe fabricara a pasta conforme a fórmula que havia conseguido sabe-se lá como. Chegou ao castelo exaurida da viagem. Disse: Preciso me recolher aos meus aposentos. Desapareceu enquanto o conde ficou esperando sua criada do lado de fora. E só voltou a aparecer com o retorno do conde, que entrou no castelo agora seguido pela criada. Martine estava vestida com as roupas da condessa. Foi o que imaginei. Não contava ser pega em flagrante. Deve ter experimentado as roupas da condessa na ausência do conde. Estava ainda mais linda. Mas agora, no lugar da expressão altiva de quem está para se vingar da sua condição no mundo, que eu havia vislumbrado e tanto me excitara no que sobrou da propriedade do conde, ela mantinha os olhos baixos e uma atitude submissa e amedrontada de escrava. Não dizia nada. Nem mesmo quando lhe dirigi a palavra, dando-lhe as boas-vindas e perguntando se havia feito boa viagem. É lógico que não era assim que eu pretendia recebê-la. Mas preferi não explicar nada na frente do conde e da baronesa. Toda aquela situação tinha se tornado muito inconveniente e constrangedora. Só pensava em levar Martine para um canto, desfazer o mal-entendido e beijar seus peitinhos. Precisava deflorá-la de um jeito ou de outro, antes que eles o fizessem, para que nunca mais se esquecesse de mim. Mas quando não era o conde, era a baronesa que não me deixava ficar a sós com a moça. O vinho já estava na mesa, ao lado da travessa com as pastilhas de anis, mas ela não tocou em nada. Perguntei se não estava com sede. Ela não respondeu. Já era tarde. A baronesa nos ofereceu as pastilhas. E a última coisa de que me lembro é de comê-las.

Voz: Eles trouxeram um casal ontem de manhã.

Barão: Como assim?

Voz: Ontem pela manhã, um dia antes de você, chegou um casal.

Barão: Um casal?

Voz: Vi os dois no refeitório.

Barão: Onde fica?

Voz: Não adianta. Não pode ir até lá. Não pode sair daqui.

Barão: Mas o senhor foi até lá. Espere aí (*esfrega os olhos*), acho que estou vendo coisas de novo. O senhor tem certeza de que...?

Voz: Já chega! Está escuro. Você está nervoso. Acaba vendo o que quer. Afinal, quer ou não que eu o ajude?
Barão: Como eram eles? Como eram? Ele tinha um cavanhaque e ela os cabelos de fogo?
Voz: A descrição cai como uma luva.
Barão: (*horrorizado*) Então são eles!
Voz: Pode ser.
Barão: E não havia com eles uma moça linda, de uns quinze anos, com os seios comprimidos pelo corpete de prata e os cabelos de ouro escorridos sobre os ombros? Não havia?
Voz: Não. Lamento, mas não vi ninguém que se encaixe nessa descrição.
Barão: (*levando as mãos ao rosto*) Não é possível! Não há justiça neste mundo! Então é ela! Meu Deus!
Voz: Cuidado! A religião é resultado da preguiça e da impaciência. É o maior defeito de quem, na pressa, tenta chegar ao inexplicável sem passar pela razão. Não tire conclusões apressadas.
Barão: Mas é ela! É ela!
Voz: (*impaciente*) Ela quem?
Barão: É ela a morta. Eles a mataram! Enquanto eu dormia!
Voz: Eu não iria tão longe. O que lhe dá tanta certeza?
Barão: Assassinos!
Voz: Ouvi os dois conversando no refeitório. Diziam que não iam ficar por muito tempo. Acham que serão inocentados. Tolos.
Barão: Preciso vê-los.
Voz: É impossível. Você não tem acesso à ala deles. Estão em observação. Você não pode voltar até lá.

Barão: Por que não?
Voz: Aqui ficam os definitivos.
Barão: Definitivos?
Voz: Os que vieram para ficar.
Barão: Mas o senhor está aqui e foi até lá.
Voz: Tenho passe livre. Já faz tempo que estou aqui. É um direito que se conquista com o tempo.
Barão: E o que eles disseram? O que disseram?!
Voz: Acabavam de chegar. Estavam acuados, com medo de se misturar, o que só excitava ainda mais os outros, que os cercavam como se fossem dar o bote, e depois saíam correndo e rindo por todos os lados. Era difícil ficar perto deles sem deixá-los de cabelo em pé. Foi só na hora do almoço, enquanto todos comiam, que pude me aproximar, sem que percebessem, e ouvir o que diziam. Cochichavam como quem planeja uma fuga. Eu não podia deixar de ficar interessado. As tentativas de fuga me interessam. Nem que seja pelos castigos a que depois são submetidos os que fracassam. Mas os dois não planejavam fuga nenhuma. Achavam que logo seriam soltos. Diziam que não havia razões para que fossem mantidos aqui. Ninguém podia provar nada contra eles. O homem, que estava num estado deplorável, desgrenhado e sujo, tentava acalmá-la, dizendo que em breve estariam livres. Dizia que não eram loucos. É o que todos dizem. Diziam que os mandaram para cá na falta de provas, sob a desculpa de que tinham perdido a razão, até que o tribunal conseguisse alguma coisa que os incriminasse. Logo seriam libertados. Ele dizia que tinha contatos. Isso confirma a sua história. E ela só repetia: "Que

pesadelo! Que pesadelo!", balançando a cabeça e com os olhos vidrados como se fosse louca e estivesse no lugar certo. Ele fazia tudo para confortá-la. Mas também tinha algo de louco no que dizia: "Certas coisas são inevitáveis. Foi melhor assim. Deus escreve certo por linhas tortas", e outras bobagens do gênero. Deus! É o nome que primeiro lhes vem à cabeça nas horas de dificuldade, mas em quem nunca pensam quando soltam as rédeas para os prazeres incrédulos. Desfrutam sem agradecer e só se lembram de Deus quando se vêem em apuros. E é quando enlouquecem ao constatar por fim que Ele não existe nem nunca existiu, na hora que mais precisam Dele, depois de terem dado a vida como prova de Sua inexistência. Pobres hipócritas. Foi só aos poucos que pude observar os tiques da cabeça e dos braços com que ele entremeava seu discurso apaziguador que, justamente pelos tiques, ia ficando cada vez menos verossímil. Se eu fosse médico, por tudo o que já vi neste lugar, nada me faria dar-lhes alta. Nada. Pela simples observação, me pareceram realmente loucos.

Barão: Não são loucos. Talvez não sejam eles.

Voz: Infelizmente, acho que são eles mesmos. Falavam de uma noite no castelo e da vítima...

Barão: Martine!

Voz: ...como alguém que conheciam de perto.

Barão: Foram cúmplices!

Voz: Alguma coisa pode ter dado errado. A mulher repetia apenas: "Que pesadelo! Que pesadelo!", com o mesmo movimento de cabeça e os olhos vidrados. Estava muito abatida, com uma expressão exausta. E ele lhe dizia: "Agora, ela já se foi. Está longe. Não podemos fazer mais nada. Temos que aceitar os fatos e o destino".

Barão: Assassinos! Está aí a confissão de que o tribunal precisa para prendê-los. A prova da minha inocência!

Voz: Daí a obrigá-los a confessar o que quer que seja diante da justiça vai um longo caminho. Embora a idéia não seja má. As confissões forçadas são muitas vezes as mais belas, as que melhor expõem o destino trágico e impotente do homem, toda a falsidade da justiça e a quimera da liberdade e do livre-arbítrio.

Barão: Alguém tem de fazê-los pagar pelo crime que cometeram!

Voz: Eles não parecem tão preocupados com isso. Acham que vão sair logo. Agora, diante de você, não sei quem é mais ingênuo, se você ou eles. Pagar! Ninguém paga por nada e todos pagam por tudo. A vida é um incentivo ao crime. Que espécie de libertino é você?

Barão: Desvirtuado, eu já disse. Um escravo dos sentimentos.

Voz: É por isso que está cego. Não vê nada.

Barão: Não há uma luz sequer em lugar nenhum.

Voz: É uma das características desta ala. Na deles, pelo menos, ainda se enxergam. Ou acreditam que se enxergam. O que não diminui a loucura, de jeito nenhum. Talvez só a aumente. Às vezes, é pior ver. De nada adianta ver quando tudo à sua volta é alucinação. Não descarto a possibilidade de que seus companheiros de bacanal também estejam alucinando quando acham que vão sair logo. Não passam de loucos como os outros. Talvez até mais. Como é que eles podem achar que vão ser libertados?

Barão: Se eu for incriminado no lugar deles.

Voz: Ninguém escapa da novíssima medicina. Estão em observação. Se eu fosse médico, não permitiria que saíssem nunca mais. Os tiques dele enquanto tentava confortá-la e o jeito como ela balançava a cabeça, para a frente e para trás, enquanto ouvia e repetia: "Que pesadelo! Que pesadelo!". Deixe com os médicos, eles sabem o que fazem. São os piores carrascos. Duvido que seus amigos voltem algum dia ao mundo da razão. Falo por mim, que já vi e passei por muita coisa.

Barão: Mas alguém tem de pagar pelo crime.

Voz: Que ensinamentos foram esses que você diz ter seguido? Você não sabe qual é o maior ensinamento? Que o prazer culmina no assassinato e na morte? Não pode haver nada superior a matar por prazer. Afinal, você quer ou não quer chegar a uma solução?

Barão: Já lhe disse que sou um libertino desvirtuado. Me apaixono facilmente.

Voz: Quem mata numa orgia, mata por prazer. E você era, de todos ali, quem mais cobiçava a jovem criada. Ou não era?

Barão: Já disse que sou inocente! Não me lembro de nada.

Voz: É um prato cheio para a promotoria. Se tivessem me chamado como testemunha de acusação, não teriam precisado perder tempo. Você já estaria com a cabeça encomendada.

Barão: Juro que sou inocente.

Voz: É pouco. No início, você me pareceu mais inteligente. Sua palavra não basta. Passou a noite entregue a Morfeu e agora quer que todos acreditem na sua razão? Que se convençam de que não matou ninguém? Você precisa mudar de lógica, rapaz. Você mesmo me disse no início que precisava saber quem tinha morrido para descobrir o assassino.

Barão: E agora eu já sei. Eles mataram Martine. Ela é a vítima.

Voz: Se ela é a vítima, você é o principal suspeito. Numa orgia, quem mata mata por prazer.

Barão: Não fui eu!

Voz: Você não sabe. Não pode saber. Estava desacordado. Além de assassino, desperdiçou a oportunidade de gozar do crime no domínio das suas faculdades.

Barão: Sou inocente!

Voz: Vamos tentar por outro caminho. Que motivo teriam o conde e a baronesa para matar a criada?

Barão: E eu sei lá! Se o senhor mesmo diz que estão loucos. Ciúme, não sei. O conde pode ter ficado enciumado. Cobiçava a criada. Quem garante que já não a tivesse possuído? Era a única criada que mantinha na casa.

Voz: Não era você mesmo que pedia para ser julgado sem que se levasse em conta a verdade dos sentimentos? E o que a baronesa teria a ver com um eventual ciúme do conde pela criada?

Barão: Foi usada pelo conde. Um joguete nas mãos do conde. Ele pode ter lhe dito que eu seria capaz de matá-la para ficar com a criada, que Martine tinha esse poder de encantamento sobre os homens. Ele não queria que eu libertasse Martine do seu jugo e convenceu a baronesa a aparecer no castelo naquela noite.

Voz: Querendo participar da orgia?

Barão: Ele a usou. Sempre teve muita influência sobre ela. Ainda mais depois do Terror. Ela lhe devia a vida. Como eu. Dizia que ele a tinha salvado da lista de suspeitos quando voltou do exílio ou sei lá de onde para se casar comigo. Não podia lhe recusar um favor. Podia ser tudo uma encenação. Tanto que as pastilhas me deixaram fora de mim. Ele tinha de me deixar desacordado para matar a criada e pôr a culpa em mim. Pediu ajuda à baronesa. O senhor não está vendo que essa é a versão mais plausível?

Voz: E por que então não desapareceram, deixando você sozinho com o corpo?

Barão: Porque, se fugissem, despertariam suspeitas.

Voz: Mas, já que ficaram, por que não serviram de testemunhas de acusação? Bastava dizer que o tinham visto matando a criada para que agora já estivesse com a cabeça encomendada.

Barão: Não podiam, porque seriam cúmplices. Se estavam presentes, por que não me impediram? Eram dois contra um, podiam ter me impedido. Usaram o mesmo subterfúgio: disseram que estavam desacordados, por causa das pastilhas, e nada viram.

Voz: O mesmo subterfúgio? É assim que você pretende escapar ao crivo do tribunal? O mesmo subterfúgio que o seu? Quer dizer que o sono provocado pela pastilha de anis foi um subterfúgio?

Barão: É uma maneira de dizer. Me expressei mal.

Voz: Muito mal. Assim, não vamos chegar a lugar nenhum. Afinal, você quer ou não quer saber a verdade? Às vezes, me parece que talvez seja melhor para você deixar as coisas como estão, na ignorância.

Barão: Estou dizendo que não fui eu!

Voz: Acho que você já deve ter entendido que essa frase não significa absolutamente nada. Você não pode falar por si. Não há nada mais frágil do que as palavras da vigília, ainda mais para os que praticam atos enquanto dormem.

Barão: Muito bem. Então, qual é o caminho?

Voz: Duvidar de todas as certezas. Até as mais básicas. Tem de se entregar a mim, meu caro. Responder às minhas perguntas, tomar-me por guia e não resistir. Vou lhe dizer tudo o que ouvi no refeitório. Vamos tentar chegar juntos a uma conclusão. Mas terá de me ouvir primeiro. Terá de se submeter a mim.

Barão: Desculpe, mas acho que estou vendo coisas de novo. É horrível! Tenho a impressão de tê-lo vislumbrado na penumbra. E, de novo, na minha visão o senhor... é negro como o breu, além de...

Voz: Já disse que é impossível ver qualquer coisa aqui! No início, você me pareceu um homem inteligente. Não é hora de desesperar, mas de se concentrar no que interessa. Você tinha me falado dos olhos de vingança da criada quando a conheceu, quando a convidou para ir visitá-lo no castelo. Vingança de quê?

Barão: Da condição dela, ora. Do conde, provavelmente.

Voz: Pois alguma razão o conde deveria ter para

matá-la, seguindo a sua hipótese, e o ciúme, como você sugeriu, não me parece suficiente. Você disse que precisa do julgamento de alguém que não acredita nos sentimentos. Tudo é convenção. Só o prazer e os instintos são verdadeiros. O conde não matou a criada por ciúmes. No refeitório, enquanto a baronesa lhe repetia: "Que pesadelo! Que pesadelo!", se é que aquela mulher de cabelos de fogo é mesmo a baronesa e ele, o conde, ele tentava convencê-la de que não tiveram escolha: "Ela fez de propósito. Você viu as roupas da condessa. Ela estava com um vestido da condessa!". E, nessa hora, a baronesa saiu pela primeira vez do seu mantra para lhe pedir, irritada, que calasse a boca. Ela lhe disse, ríspida: "É melhor pensar duas vezes antes de fazer seus comentários, se ainda acha que pode escapar da guilhotina com seus contatos". É provável que você esteja com a razão quando diz que eles devem ter usado o subterfúgio de que estavam desacordados, sob o efeito das pastilhas. Só que você não pode repetir isso diante do tribunal, sob a pena de ter o próprio álibi anulado. Eles sabem que o melhor para ambos é que não tenham visto nada. Não me espantaria se também tivessem dito ao tribunal, como você, que não sabiam nem quem era a vítima, e que por isso também tenham acabado internados. É preciso saber que motivo tinham para matá-la.

Barão: Martine! Eu ouço a voz dela que me diz: "Quero estar contigo. Quero provar a inexistência de Deus" dentro da carruagem a caminho do que sobrou do castelo. A mesma coisa que a baronesa. A mesma coisa que dizem todos os homens e todas as mulheres do mundo. Nem que seja uma vez na vida. Quando estão mais vivos do que nunca. Não podia saber que estava sendo esperada pelo conde. E eu não tinha como avisá-la. Mas não tive culpa. Não pude preveni-la, mas também não a matei. Ouço a voz dela, que me diz: "Quero submeter-me aos teus prazeres" ao me ver partir das terras do conde. Ela era para mim. O pior é ter morrido sem conhecer o prazer.

Voz: Quem disse?

Barão: Não tive tempo de deflorá-la.

Voz: Quem lhe garante? Não se lembra de nada. E quem lhe garante que o conde não a tenha estuprado antes de matá-la?

Barão: Não! Martine! Ouço a voz dela que me diz: "Estou a caminho. Quero me entregar" dentro da carruagem, com o vestido da condessa, sem saber que o conde a esperava para puni-la. Como se eu tivesse lhe preparado uma armadilha! Como se a tivesse traído!

Voz: Não lhe parece estranho que o conde e a baronesa tenham se dado ao trabalho de se despencar sabe-se lá de onde...

Barão: De Bordéus.

Voz: ...de Bordéus para punir uma criada?

Barão: Para o senhor ver a força da vingança dela contra a sua condição. Para eles, era inadmissível que uma criada...

Voz: Uma criada...

Barão: Que ela se entregasse a mim e ainda por cima vestida de condessa. O senhor precisava ver quando entrou no que restava dos salões do castelo, atrás do conde, com a cabeça baixa. Ficava ainda mais linda quando era punida. O conde me tirou esse prazer e isso também é imperdoável.

Voz: Parece que você está chegando mais perto da verdade. Despencaram-se de Bordéus não para participar finalmente de uma das suas orgias, mas porque estavam determinados a não deixá-lo punir a criada. Eles o fizeram dormir para que não a deflorasse. Você está me acompanhando, barão? Despencaram-se de Bordéus porque estavam preocupados com ela. Pela lógica, não tinham por que matá-la. Seria uma contradição. Logo, você é o culpado. Você a matou!

Barão: Não! Como podia matá-la se estava dormindo?

Voz: E quem disse que estava?

Barão: Eu estou dizendo!

Voz: É pouco.

Barão: Eles estão mentindo! Não despencaram de Bordéus até o castelo para salvá-la de mim. Estavam pouco ligando. Aristocratas, ainda que reformados, não se preocupam com criadas!

Voz: Ah! Agora você chegou aonde eu queria.

Barão: Do que o senhor está falando?

Voz: Aristocratas não se preocupam com criadas.

Barão: Mas eu juro que estava apaixonado. Comigo ela descobriria o prazer.

Voz: Aristocratas não se preocupam com criadas. Eles têm mais o que fazer.

Barão: O que o senhor está insinuando? Já disse que a amava.

Voz: Posso dizer o mesmo do conde e da baronesa.

Barão: Como assim?

Voz: Por que eles também não poderiam amar a criada?

Barão: Ora, aonde o senhor está querendo me levar com seus silogismos? Sabe muito bem que eles não podiam amá-la como eu.

Voz: Por que não?

Barão: Está querendo dizer que... O senhor está insinuando que os dois, meu primo e minha própria esposa pudenda... que os dois submetiam a criada a sessões de bacanal?

A Voz solta uma imensa gargalhada. O barão, constrangido, esboça um riso fajuto na tentativa de acompanhá-la.

Barão: Desculpe, mestre, mas tive novamente aquela visão...

Voz: Como é que pode ter visões se não consegue ver um palmo adiante do nariz? Quantas vezes vou ter de repetir a sua própria frase, que nobres não se preocupam com criadas, para fazê-lo finalmente entender? Nobres só se preocupam uns com os outros. Quantas vezes vou ter de repetir para fazê-lo entender?

Barão: Entender o quê? O conde sempre esteve do meu lado. Foi ele que me apresentou a baronesa. Eram amigos. O que está querendo insinuar agora? Está querendo dizer que o conde e a baronesa...? É isso?

Voz: Pelo jeito, você já andou meio caminho. Lamento confirmar que, pelo que vi no refeitório, eles estão mesmo juntos, o conde e a baronesa, juntos como homem e mulher, e provavelmente sempre estiveram.

Por que o conde o teria apresentado à baronesa? Porque lhe convinha. E a ela também.

Barão: Aonde está querendo chegar?

Voz: Por que ela teria sumido por sete meses logo depois de conhecê-lo, se estava apaixonada como você diz?

Barão: Foi uma forma de me seduzir.

Voz: Uma forma de seduzir! Uma forma de seduzir!

Barão: Sabia do meu passado de libertino. Sabia que não tinha chances comigo a não ser que tivesse uma estratégia. Eu não ia me casar assim de repente, depois de tantos anos negando o casamento. Foi a desculpa que ela arrumou para me convencer.

Voz: Exatamente. Uma desculpa. Tente pensar em tudo o que uma mulher pode esconder durante sete meses.

Barão: O que está tentando me dizer agora?

Voz: O óbvio. O que só você não quer ver.

Barão: Mas isso não é possível!

Voz: Faça os cálculos você mesmo.

Barão: Não é possível!

Voz: Quinze anos.

Barão: Meu Deus! Quinze anos!

Voz: É sempre assim. Quando as coisas apertam, recorrem a Deus.

Barão: Uma criança!

Voz: Sete meses e depois quinze anos.

Barão: Como é que eu não vi?

Voz: Cada um vê o que quer.

Barão: Como é que não reconheci os mesmo traços, os mesmos peitinhos comprimidos pelo corpete de prata?

Voz: Não só os peitinhos mas a barriga de dois meses comprimida pelo corpete de prata da baronesa. Não foi à toa que o conde o apresentou a ela. Já estava de dois meses. Você serviu a ambos. Era o álibi de que precisavam para continuarem juntos depois de a criança nascer. Podiam dar um sumiço na criança adúltera, podiam entregá-la a um convento, mas era preciso abafar as desconfianças com um casamento.

Barão: Fiz papel de palhaço! Não vi nada quando a conheci.

Voz: E continua sem ver. Um escravo dos sentimentos. Você era a última chance deles. Dali para a frente seria mais difícil enganar até um cego. Ela não estava só passando da idade. Precisava se casar por outras razões. Como a maioria, precisava de uma fachada para esconder o que os instintos a tinham obrigado a fazer.

Barão: Não vejo nada em lugar nenhum.

Voz: Nem poderia, nesta escuridão. E talvez seja melhor assim.

Barão: Diz isso para me consolar.

Voz: Para poupá-lo. Às vezes, a visão é o que pode haver de mais terrível. Se me visse, provavelmente não suportaria mais a minha presença. Alguns chegam a ficar loucos.

Barão: Como pude ser tão cego? Sete meses foram tempo suficiente. Nunca emigrou, garça! Teria ido para a guilhotina se voltasse. Nunca saiu da França. Escondeu a gravidez num convento qualquer, assim como a menina, que acabou fugindo antes que a madre superiora pudesse se aproveitar dela. E se não fosse aquela súbita repulsa ao sexo depois do casamento, eu teria descoberto.

Voz: Esconderam a menina por quinze anos.

Barão: Os mesmos peitinhos comprimidos pelo corpete de prata.

Voz: Afinal, você não foi tão cego assim.

Barão: Que pesadelo!

Voz: É a mesma coisa que ouvi a mãe repetir no refeitório.

Barão: Garça!

Voz: Você também viu o olhar de vingança da menina.

Barão: E não era para menos!

Voz: Não. Quinze anos.

Barão: Como é que não vi antes?

Voz: Foi melhor assim. Há outras coisas que você ainda não entendeu.

Barão: Entendi tudo. Fui usado pelo conde. Me salvou da Revolução porque precisava de mim. Agora entendo por que apareceram no castelo.

Voz: Entende?

Barão: Mas é claro! Não podiam deixar que a vingança se consumasse. Ao se submeter a mim, Martine vingaria nós dois ao mesmo tempo. Como foi que não entendi na hora que ela havia decidido se entregar em sacrifício por uma causa tão valorosa? Que prazer teria sido deflorá-la por uma causa como essa! Ela queria se vingar da humilhação que os dois nos impuseram durante os quinze anos em que a mantiveram escondida com as freiras, e depois como criada, e a mim como um palhaço cego. E tudo por causa de uma moral podre. Tudo começa a fazer sentido.

Voz: Tudo?

Barão: Tudo o que o conde conseguiu para mim. Todos os conselhos que me deu. Por que nunca estava com a condessa e por que a baronesa nunca esteve comigo nesses quinze anos. Por que eu nunca soube da existência de Martine até aquele dia. Por que ela aceitou tão prontamente a minha proposta. Por que quis vir ao castelo. Para se vingar. E por que eles logo apareceram. Por que a baronesa quis participar pela primeira vez de uma das minhas orgias. Por que não aceitou que nenhuma prostituta participasse. Por que o conde me convenceu a acatar os caprichos súbitos da baronesa. Por que me trouxeram o que chamavam de afrodisíaco!

Voz: Por quê?

Barão: Queriam se livrar dos dois ao mesmo tempo, me acusando de assassinato. Meu Deus! É isso o que chamam de amor paterno e materno? São uns monstros! Mataram a própria filha!

Voz: Quantas vezes terei de repetir que o nome de Deus só serve aos preguiçosos que acabam perdidos nesse atalho de desrazão?

Barão: E não são uns monstros assassinos?

Voz: Certamente.

Barão: A própria filha!

Voz: No refeitório, ouvi o conde dizer à baronesa que agora a menina já estava longe, não havia volta. Era melhor esquecer!

Barão: Está no céu! É um anjo!

Voz: Cada um vê o que quer.

Barão: O que está insinuando desta vez? Um mínimo de respeito pelos mortos! Era uma virgem. E daí o escândalo da sua vingança. Ia me dar a chance, ao deflorá-la, de vingar tudo o que fizeram comigo. O tanto que me usaram. (*horrorizado*) Mestre!

Voz: Já lhe pedi que não me chame assim. O que foi agora?

Barão: A visão, de novo.

Voz: E o que você quer que eu lhe diga?

Barão: Que não é verdade.

Voz: O quê?

Barão: O que tive a impressão de ver.

Voz: Cada um vê o que quer.

Barão: Devo estar alucinando. Deve ser normal. Afinal, eles mataram a própria filha só para me incriminar. E como é que um homem pode reagir a isso? São capazes de tudo. Não podiam admitir que ela se vingasse deles, ainda mais da maneira como imaginou, me fazendo de cúmplice. O orgulho deles é maior que o amor. Foram impiedosos. Que horror!

Voz: Foram impiedosos. É o mínimo que se pode dizer.

Barão: E ela teve de pagar pelo que eles mesmos fizeram, pela responsabilidade que nunca assumiram!

Voz: Ela deve estar se sentindo muito só.

Barão: Como assim?

Voz: Não foi você mesmo quem disse que agora ela estava no céu? E que era um anjo. Um anjo entre tantos pecadores.

Barão: Não são horas para ironias.

Voz: Parece que você ainda não entendeu que aqui quem determina as horas não é você.

Barão: Como pude ser tão estúpido? Por que fui aceitar aquelas pastilhas? Eu poderia ter salvado a menina. Como é que fui cair nessa armadilha primária? Devia ter desconfiado logo que apareceram no castelo. Não iam se despencar de Bordéus à toa.
Voz: Cada um vê o que quer.
Barão: (*aos berros*) Mas aqui não se vê nada! Quero sair daqui agora! Onde é que eles estão? Vão pagar pelo que fizeram! Pela primeira vez na vida, vão pagar! Me tirem daqui agora! Me tirem daqui!
Voz: Tolice. Não adianta gritar. Eu estou aqui ao seu lado para ouvi-lo.
Barão: Mas alguém precisa fazer alguma coisa! Preciso contar ao tribunal o que aconteceu.
Voz: Eles já sabem.
Barão: Já? E por que não me tiram daqui?
Voz: Porque não podem.
Barão: Mas se eu sou inocente!
Voz: É o que todos dizem.
Barão: Quero vê-los!
Voz: Não pode, eu já disse.
Barão: Já sei, já sei! Estão em observação. À espera do quê?
Voz: Do que todos esperam.
Barão: Então, eles serão executados?
Voz: Eu não iria tão longe.
Barão: Mas é o que merecem por matar a própria filha. E se a baronesa diz que é um pesadelo, é porque talvez esteja arrependida. Talvez venha a confessar o crime. E aí eles terão de me libertar.

Voz: Duvido.

Barão: E vão me deixar aqui pelo resto da vida?

Voz: Eu não poria as coisas assim nessas palavras.

Barão: E em que palavras o senhor poria as coisas se estivesse no meu lugar? Vamos lá! Em que palavras?

Voz: Há coisas que você ainda não entendeu.

Barão: Não seja paternalista. Posso ter sido estúpido e cego uma vez, mas agora está tudo muito claro.

Voz: É mesmo?

Barão: E, afinal, de que importa, agora que ela está morta?

Voz: Morta?

Barão: Eu poderia ter salvado Martine.

Voz: Agora, ela já está longe. É irreversível.

Barão: Com os anjos no céu.

Voz: Tento ser paciente, mas a sua cegueira é irritante.

Barão: Se ao menos houvesse um pouco de luz aqui. Estou cansado.

Voz: Cansado? Mas é só o começo.

Barão: Nada mais faz sentido agora que ela está morta. Talvez se eu me juntasse a ela. E deixasse para trás este mundo injusto e mesquinho dos homens. Talvez o senhor possa me ajudar. Basta uma corda. Se me arrumasse uma corda, já que tem acesso a todas as alas do hospício.

Voz: Não vai adiantar. Não há como escapar daqui.

Barão: O senhor não entendeu. Estou disposto a acabar com a minha vida.

A Voz solta uma gargalhada.

Voz: Entendi perfeitamente. Acho que quem não entendeu foi você.

Barão: Prefiro estar com Martine.

Voz: É incrível como quando as coisas apertam vocês todos, mesmo o mais orgulhoso dos libertinos, passam a acreditar em anjos no céu.

Barão: É melhor do que ficar neste lamaçal.

Voz: Voilà! A mesma coisa que o conde disse à baronesa com relação à criada.

Barão: Martine. E é filha deles.

Voz: Martine, que seja! A mesma coisa. É melhor mandá-la para longe deste lamaçal, para que não seja maculada por esta imundície.

Barão: Tudo isso está ficando ridículo. Pedi que me ajudasse. Já não está mais sendo lógico, mestre. Tudo isso é um absurdo. Quer me convencer com um sofisma barato de que os dois mataram a filha para salvá-la? Como pode acreditar nisso? E que deram um sumiço no corpo para salvar sua reputação, para que não ficasse com a honra manchada? Só para que não se espalhasse a notícia de que tinha sido morta durante uma orgia no castelo de Lagrange?! É isso?

Voz: Não foi o que eu disse. Você está interpretando. Sempre que interpretam, os homens se perdem em seus atalhos. Ninguém nunca disse que ela tinha sido assassinada.

Barão: O que está dizendo?! Então, Martine está viva?!

Voz: Ao que tudo indica.
Barão: Deus seja louvado!
Voz: Você me decepciona.
Barão: Mas, no refeitório, eles não disseram?...
Voz: Que agora ela estava longe.
Barão: Ah!...
Voz: Na mesma noite, depois de você engolir as pastilhas, eles a embarcaram num navio para onde ninguém mais tivesse notícias dela.
Barão: Mas é lógico! Desapareceram com ela para me incriminar, e como o corpo ainda não foi achado, não existem provas, o tribunal resolveu nos manter no hospício. Estamos todos salvos!
Voz: Você é um otimista, barão.
Barão: O que acaba de me dizer é motivo para comemoração.
Voz: Mesmo?
Barão: Martine está viva e basta conseguirmos prová-lo para que me libertem e eu também possa embarcar num navio para encontrá-la onde quer que esteja.
Voz: Ninguém sai daqui.
Barão: Mas se não houve crime! Se não houve assassinato!...
Voz: Ninguém disse que não houve.
Barão: É porque ainda não sabem que ela está viva. Porque o conde e a baronesa fizeram tudo de propósito para me incriminar. Arquitetaram toda a impostura. Me deixaram desmaiado no castelo e fizeram a denúncia, ainda mais com os contatos do conde e tanta gente querendo se vingar de um nobre de província como eu. Só

não podiam imaginar que seriam tomados por suspeitos também. E agora estão num beco sem saída. Para salvar a própria pele, terão de confessar que esconderam a filha. E com isso vão me libertar também, involuntariamente. É tudo uma questão de tempo, o tempo que vão agüentar detidos aqui de boca fechada. É isso! É isso! Apenas o tempo que agüentarem de boca fechada!

Voz: É incrível como você continua se recusando a enxergar. O único problema, meu caro, é que houve de fato um homicídio.

Barão: (*silêncio*) Mestre?... Devo estar ficando louco. Me ajude. Tenho certeza de que o vi, mas não quero acreditar.

Voz: No quê?

Barão: Não. Deve ser uma alucinação. Só pode ser uma alucinação.

Voz: Cada um vê o que quer — ou o que pode.

Barão: Por que não há uma luz sequer em lugar nenhum?

Voz: É melhor para você.

Barão: (*encolhendo-se*) Afinal, quem é o senhor? Quem é que está aí?! (*silêncio*) Se não é o marquês de Sade, então quem é? O que quer de mim?! (*silêncio*) Por que desde que me prenderam falam uma língua que não entendo? Por que me chamam por outro nome? Por que só entendo o que o senhor diz? O que quer dizer quando diz que houve um assassinato? Por que não posso voltar se não matei ninguém? (*silêncio*) Estou suando em bicas. Veja! Minha camisa está empapada. Por que faz tanto calor? E, mesmo assim, ainda estou trêmulo. Por que tenho essas alucinações? Estou com medo. Por que não me diz quem é? Do que quer me poupar? (*silêncio*) Se Martine não foi assassinada, então... quem foi? (*silêncio*) Por que não responde?! (*silêncio*) Mestre? Quem morreu? Quem é o morto? Onde é que estou? Que lugar é este? Por que não há uma luz sequer em lugar nenhum?!

Ato 2

Uma luz branca ofuscante. Dois homens vestidos de branco, um negro e um branco, avançam por um corredor de azulejos brancos. Ouvem gritos ao fundo, numa outra língua. Ao que tudo indica, alguém, desesperado, quer sair dali.

Do negro de branco ao branco de branco: Onde é que estamos? Do mundo de que nada se leva cada um tenta tirar o melhor. É o que ele vive repetindo. Você se lembra do crime. Todo mundo se lembra. Faz tempo. Esteve em todos os jornais. Desde o começo, todo mundo sabia quem era o assassino. Não havia a menor dúvida. Mesmo se nunca nada chegou a ser provado. Não era preciso ser muito inteligente. Mas o mundo precisa de provas. Ele acabou confessando, à sua maneira, é lógico, que tomaram por ilógica. Porque não conseguiram encontrar os matadores. Não havia provas. Só a polícia é que não desconfiou do óbvio logo de saída e por pouco não o deixa escapar. Se não fosse pelo artigo no jornal, no aeroporto. Precisavam dar livre curso à investigação para chegar ao que todo mundo intuía, antes de tomar qualquer atitude. Tontos. A sorte, ou melhor, o azar dele foi entrar naquela loja de jornais. Já estava embarcando de volta, no aeroporto, quando leu a notícia e perdeu a cabeça. Contou toda a história. Eles não podiam deixar ele ir embora depois da confissão, mesmo tomado por louco. Enquanto não tivessem as provas. E, à espera delas, ele acabou sendo esquecido aqui. O importante não é quem matou, mas o paradoxo do homicídio. Mandou matar a própria mulher para poder cometer um outro crime que nunca foi ou será cometido. Porque, com a morte da mulher, e antes mesmo, só de pensar em matar a mulher, sem que soubesse ou desconfiasse, achando que só assim tornava possível o seu plano, ele já estava cometendo o suicídio. Era um casal curioso. Não que ela fosse melhor do que ele. Os dois se mereciam. Nenhum dos dois prestava. Mas havia uma coisa extraordinária naquele casamento. Casaram-se numa capelinha no alto de uma colina, a coisa mais singela, no sul da França, no vilarejo onde ele tinha nascido e onde no início do século XIX, ao que parece, um barão organizava bacanais inspirado no marquês de Sade. Um escritor libertino cuja filosofia máxima era a traição. Seis meses depois de casados, descobriram que ela não podia ter filhos. Perceberam que o amor não resiste ao tempo, o amor acaba, e fizeram um pacto explícito que, de hábito, nos casamentos em geral, por ficar implícito, termina por destruí-los. Resolveram que o melhor era estabelecer uma relação baseada na traição e no horror. O horror no lugar do amor. Um casamento baseado num jogo de horrores, porque, como ele mesmo vive repetindo em suas crises, o horror não morre, ao contrário do amor. Só o horror pode manter um casamento, sob o princípio da traição, segundo a filosofia do tal barão libertino. Cada um dos cônjuges prega uma peça no outro, alternada e sucessivamente. O que aprenderam a chamar, numa brincadeira reservada entre os dois, de "medo de Sade". Uma referência ao célebre marquês, é lógico, que ao que tudo indica tinha inspirado o barão no início do século XIX em sua filosofia tão peculiar. Você sabe. Quem tiver mais medo, perde. Era esse o jogo. Quem ficasse com medo, perdia. "Medo de Sade." E ao mandar matar a mulher, paradoxalmente, ele perdeu. Iam pregando peças um no outro, uma mais horrível que a outra, e assim pretendiam se manter unidos até a morte, como tinham jurado perante a Igreja. Iam pregando peças um no outro para cumprir, como podiam, o juramento que fizeram na capelinha no alto da colina, no sul da França, a coisa mais singela. Só que o negócio durou pouco. Porque até a traição tem suas regras, e ele trapaceou. Quis passar o carro na frente dos bois. Quis adiantar a morte, matar a mulher antes que ela o matasse. Teve medo. E nesse jogo quem tem medo perde. Para você pode parecer um paradoxo, e para mim também, mas ao morrer ela ganhou. Ao morrer, ela o deixou apavorado. Você pode tirar uma idéia pelos gritos. Entre uma peça e outra, ela acabou dizendo o que não devia. Não chegou a dizer exatamente que tinha descoberto o crime que ele planejava. Foi ele que interpretou assim. Ela foi mais ambígua e enigmática. O mais provável é que tenha querido fazer apenas uma provocação, acirrar o que achou ser uma crise de ciúme. É possível que tenha jogado verde para colher maduro. Só verbalizou o que já estava implícito na cabeça dele. Ou talvez nem isso. Talvez não soubesse de nada. Mas foi como ele entendeu. Achou que ela tivesse descoberto o crime que ele planejava. Não o crime contra ela mesma, é óbvio — isso veio depois, e por causa do que ela disse —, mas contra o cliente. Depois daquela frase, era a vez de ele pregar uma peça nela. E ela sabia que não poderia escapar ao se submeter à viagem que ele lhe propôs, assim, sem mais nem menos, com a desculpa esfarrapada de um momento de paz, que estavam precisando de férias, só os dois. Podia não saber, mas suspeitou, pelo menos, nem que tenha sido pelo comportamento dele. E por isso ela planejou tudo antes de morrer. Planejou pregar uma peça no marido com a sua própria morte, já que era inevitável, uma peça ainda mais horrível que a própria morte. Ia lhe deixar como herança um novo motivo de horror, dessa vez inconsolável. Não queria morrer sem revidar. Não queria levar para o túmulo o "medo de Sade". Deixou pronta a sua vingança. E não dá para saber em que momento ela percebeu e tomou a decisão, até que ponto ela já tinha tudo armado desde o dia em que lhe disse aquela frase, quando ele achou que ela tivesse descoberto o que ele planejava, e preferiu mandar matá-la a ter de viver com a suspeita, por mais remotas que fossem as chances de ela realmente ter descoberto alguma coisa. Eles se mereciam. Não é à toa que estavam casados. Conheceram-se numa firma no norte da França. Ela trabalhava na contabilidade e ele, como consultor jurídico. Formavam um par perfeito. Ela era craque nos números, a fraqueza dele justamente, que foi levado a estudar Direito por falta de opções. Desde pequena ela só fazia contas. E dizer que ele nunca foi bom em matemática seria um eufemismo. Não dava para os números. Não é que fosse burro, mas desde menino sua capacidade de abstração não era das mais prodigiosas. Só foi entender as quatro operações básicas da álgebra no dia em que as traduziu para a linguagem corrente e atinou que a multiplicação de dois por dois, por exemplo, significava simplesmente duas vezes dois, uma duplicação de dois. Compreendeu a álgebra pela semântica, o que por sua vez não era o forte da mulher, tanto que ela assinou sua sentença de morte ao dizer aquela frase sem antes medir as conseqüências. Enquanto durou, foram complementares. Os números e o sentido. Deram um golpe na firma, um estelionato de primeira, um golpe baseado na confiança, de forma que não pudessem ser pegos, e foram morar no sul da França, onde ele nasceu. Casaram-se lá mesmo, numa capelinha no campo, com as ruínas do castelo do tal barão libertino ao fundo. Uma cerimônia discreta, só para os mais próximos, quase ninguém, e a família dele. Ela preferiu não convidar a própria família. Só a irmã. Não falava com os pais fazia anos. A idéia de substituir o amor pelo horror não lhe era estranha. Podia muito bem ter se inspirado na própria infância, e na própria família. Foi juntar a fome com a vontade de comer quando ele lhe apresentou as obras reunidas do tal barão. Porque ele era fã da literatura libertina do final do século XVIII. Foi por intermédio dele que ela descobriu o barão e sua filosofia da traição. Num dos seus livros, um romance moral em diálogos, o barão contava como tinha se vingado da mulher que o traía: deflorou a filha bastarda que ela tivera com o primo dele. Porque, segundo a filosofia do barão, só a traição liberta. Traição se paga com traição. Nada mais justo, então, do que trair as convenções de uma moral que tenta, por sua vez, trair a natureza. E o barão não podia pensar em nada mais traiçoeiro do que depravar a filha bastarda da própria mulher adúltera para se vingar dela e da sua hipocrisia de mãe pudica. É um escritor que propõe um mundo de virtudes e valores invertidos, às avessas, onde o mal é o bem e a traição, a honra. Um mundo de desvirtudes como única forma de escapar à hipocrisia da religião e aos limites das convenções humanas em nome da verdade dos instintos. Um mundo de desvirtudes como filosofia. Um anti-humanismo no início do século XIX. E não é à toa que ela ficou encantada quando o marido lhe apresentou as obras reunidas do tal barão e lhe disse: "Estamos aqui para provar que Deus não existe. Nenhum esforço deve ser poupado, nenhum meio deve ser descartado nessa empreitada. Nossas vidas para provar que Deus não existe, ou não seríamos o que somos". Também se depararam com um mundo de desvirtudes depois de subirem a pé a colina até a capelinha. A coisa mais singela. O casamento era uma forma de selar a aliança que firmaram ao dar o primeiro golpe, que deixou o patrão de mãos atadas quando quis denunciá-los à polícia, já que só puderam agir graças à sua mais absoluta confiança. Saíram limpos e com o dinheiro no bolso. A culpa era toda do patrão, que lhes delegara todos os poderes, e uma eventual denúncia, além de inútil do ponto de vista criminal, pois não havia como inculpá-los, seria apenas o atestado cabal e vergonhoso do logro e da sua própria ingenuidade. Foram comedidos com o dinheiro do golpe. Não queriam dar na vista. Pretendiam continuar dando outros, nem que fosse só para provar que Deus não existe. O mundo precisa de provas. Formavam um par perfeito de estelionatários. Tinham a vida pela frente. Ela era craque com os números. Logo depois de se casarem, ele abriu um escritório no vilarejo. Seis meses antes de descobrir que ela não podia ter filhos, que foi o sinal, e também o início do jogo e da derrocada. Logo entenderam que só o horror os manteria unidos. Entenderam que só teriam alguma chance no horror. Acabaram unindo o horror à filosofia da traição do tal barão libertino. Antes que o horror e a traição pudessem se instalar e controlar a relação a despeito deles — como nos casamentos em geral, segundo o barão —, ela lhe propôs aquele jogo. Inspirada na filosofia do barão e na própria infância. No começo foi divertido. Ele a deixou sair de carro cedo pela manhã depois de ter esvaziado o óleo do freio no meio da noite, o que ela só notou ao afundar o pé no pedal e, desviando de uma carreta, perder a direção numa estrada tortuosa, mas felizmente plana e pouco movimentada, que cortava uma plantação de milho, onde acabou desgovernada, embora evitando um acidente mais grave. Espatifou-se contra uma árvore e quando vieram socorrê-la encontraram-na rindo sozinha às gargalhadas ao compreender o que tinha acontecido. Ela, por sua vez, contratou dois rapazes, membros do partido de extrema direita cujas reuniões o casal costumava freqüentar, para assaltá-lo ao chegar em casa sozinho numa noite abafada, depois do trabalho, enquanto ela estivesse no supermercado. Dois meses depois, ele a abandonou num pequeno veleiro que alugaram, em alto-mar, fingindo ter se afogado, enquanto ela, que mal sabia nadar ou velejar, no barco à deriva, tentava pedir desesperadamente socorro pelo rádio quebrado de propósito. Até aparecer um outro barco para salvá-la. Ela forjou uma convocação do Ministério das

Finanças, que ele recebeu pelo correio, e o acusava de sonegação fiscal. E ele chegou a comparecer no dia e hora indicados, apavorado, depois de muita hesitação, de medo que, descobrindo a ponta do iceberg, chegassem à parte submersa, para só se dar conta do trote quando a recepcionista lhe revelou que não conhecia nenhum funcionário com o nome da pessoa que havia assinado a intimação. E ali mesmo, diante da recepcionista do Ministério das Finanças, ele gargalhou como ela tinha feito depois do acidente no meio do milharal. Sabiam se divertir. O jogo era uma escola do medo. Uma provação permanente. E, à maneira deles, você pode até dizer que foram felizes. Até ela dizer a ele aquela frase e ele ignorar as regras e adiantar a morte dela. Não que não pudessem morrer numa eventualidade, por causa de uma peça mais violenta, por exemplo, ou por um erro de cálculo qualquer, isso também fazia parte, mas o acaso sempre tinha sido um elemento fundamental. Não estava certo eliminar o acaso. Tinha planejado cada detalhe da morte dela. De forma que não pudesse escapar. Era a única maneira de poder executar o resto do seu plano, segundo ele, ainda na mais completa inconsciência, sem fazer idéia de que bastava eliminá-la para pôr tudo a perder. Nesse jogo conjugal, ela podia criar problemas a qualquer momento, e ele não queria se arriscar, pelo menos dessa vez. Não podia. Queria matar um cliente e não precisava de cúmplices. Não queria deixar testemunhas. Só não sabia como é que ela tinha descoberto. Se é que realmente tinha descoberto, como aquela frase levava a crer. Também não podia imaginar o que ela deixaria para dizer só na hora da morte, que se vingaria ao ser assassinada, que ele seria pego totalmente desprevenido. Uma noite, quando voltou para casa depois de uma crise intempestiva e inexplicada que aos que não os conheciam poderia até parecer de ciúmes e que talvez a própria mulher tenha interpretado assim, ela o esperava na sala, como de costume. Era uma casa de pedra no alto de uma colina, como a capelinha, com vista para o vale e as ruínas do castelo do barão, uma casa que compraram com o dinheiro do primeiro golpe, quando perceberam que tinham sido feitos um para o outro. Uma casa que ela decorou "à maneira americana", como gostava de dizer para agradar ao marido cujo sonho de realização era um dia se mudar para Chicago, terra de gângsteres e da oportunidade, pelo menos pelo que proclamava nos primeiros meses de casamento, sempre em encontros sociais com a pior canalha do lugar, antes de descobrirem que ela não podia ter filhos. Foi ao descobrir que ele deixou de achar graça, e não só do que ela dizia. Chegou a esbofeteá-la em casa à simples menção de "à maneira americana" sobre a decoração, na frente de um casal de convidados que tinham conhecido recentemente nas reuniões do partido de extrema direita e que se retirou às pressas, de tanto constrangimento. E, antes que o horror se instalasse, ela decidiu tomar as rédeas e propor ao marido aquele jogo que a você e a mim pode parecer insano, inspirada no que havia passado na infância, mas também sob a influência da filosofia do barão libertino, à primeira vista com o único intuito de salvar o casamento. Se era para ser estapeada, que fosse sob o seu consentimento lúdico. E que pudesse alternar o lugar da vítima com o de algoz. Se fosse para salvar o casamento. Até que se divertiram com esse pretexto. Mas não por muito tempo. Só até a noite em que ela o esperava na sala, depois de ele ter uma crise insensata de ciúmes, o que não fazia o menor sentido àquela altura do campeonato, quando ele voltou para casa sem dizer uma palavra. Ela disse que tinha algo a lhe dizer. E falou do mesmo jeito com que se referia à decoração da casa diante dos convidados, "à maneira americana". Disse o que ele não podia ouvir àquela altura. Com os olhos brilhando e um copo de uísque na mão, ela disse: "Para você, o melhor seria que ele não existisse, ele é a sua fraqueza". Não disse o nome de ninguém, como se lesse os pensamentos do marido, e nessa hora ele só podia achar que ela havia descoberto. Embora não entendesse como. Toda a sua cabeça estava tomada pelo projeto de se ver livre do cliente. Sabia que ela podia estar apenas jogando verde, para pô-lo à prova e aterrorizá-lo. Podia estar falando de outra coisa. Mas ele não podia ficar com essa dúvida, agora que tudo era real. Não podia deixar que ela soubesse e viesse a interromper seus planos. Não podia ficar nas mãos dela, sob ameaças. E se, numa futura reviravolta do jogo, ela resolvesse denunciá-lo à polícia para horrorizá-lo ainda mais? Foi a única coisa que a mulher disse, com os olhos brilhantes e um copo de uísque na mão: "Para você, o melhor seria que ele não existisse, ele é a sua fraqueza". E foi o suficiente. Que soubesse ou não, era secundário. Que tivesse conhecimento dos planos do marido de matar o cliente ou não, pouco importava. Ele não podia prosseguir com essa desconfiança. Com uma única sentença, ela tinha comprado a própria morte. O que ele não podia suspeitar é que, de certa maneira, aquela era uma forma de suicídio. Não podia saber que talvez não houvesse nada de involuntário ou inconsciente no que fazia a mulher. É possível que estivesse cansada, que para ela fosse preciso lhe anunciar primeiro um xeque e, só com a própria morte, o xeque-mate. Talvez não tivesse mais forças nem imaginação. Porque era um jogo de imaginação. Talvez simplesmente ela tivesse sentido chegar a hora da cartada final, e o certo é que jogou como uma atriz dos filmes de gângsteres que via na televisão enquanto fazia contas, sempre fazendo contas, "à maneira americana": sentada no sofá da sala com os olhos brilhantes e um copo de uísque na mão. Ele fingiu que não ouviu e mudou de assunto. Não perguntou "ele quem?". Não mudou de expressão. Mudou de assunto. Ficou impassível. Ela fingiu acreditar que ele não tivesse ouvido, e respondeu ao que ele lhe perguntava agora sobre outra coisa sem nenhuma relação com o que ela havia dito. Tanto ele como ela sabiam muito bem que o próximo passo seria dele, era a vez dele, a mão era dele. Ela sabia que ele tinha ouvido e registrado a frase. Ele sabia que ela sabia que ele tinha ouvido e registrado a frase. E que esperava sua reação, a desforra. Mas faziam como se não soubessem, para que o jogo pudesse ir em frente. No mês seguinte, ele apareceu em casa com duas passagens aéreas, apesar de ter horror de avião, e disse que os dois estavam precisando de umas férias. "Mas não é um lugar perigoso?", perguntou a mulher, "à maneira americana", sentada no sofá da sala com um brilho nos olhos e um copo de uísque na mão, se referindo ao destino que ele tinha escolhido a dedo. "Não é uma cidade com alto índice de criminalidade? Você tem certeza de que não é arriscado?" E ele lhe garantiu que teriam uma semana maravilhosa, que, depois de muito ponderar, tinha selecionado esta entre todas as cidades do mundo. Foi a que lhe pareceu mais adequada. E ela sorriu, sentada no sofá com um brilho nos olhos e um copo de uísque na mão. Era assim que jogavam. A melhor vítima é a que compraz ao algoz, a que se compraz com o seu papel de vítima. E ela o enganou tão bem. Em momento nenhum deixou que visse que seria ele a maior vítima da morte dela. Em momento nenhum. Só quando já era irreversível, quando já estava morrendo e ele não podia fazer mais nada para se salvar do "medo de Sade" que ela lhe deixava de herança. Ia morrer "à maneira americana", com um brilho no olhar e um sorriso nos lábios. Ela examinou as passagens e lhe perguntou o que viriam fazer aqui. Tinha ouvido dizer que a cidade era o próprio inferno, um calor de matar. E ele, fingindo que acreditava na resistência dela, também fez o seu papel e tentou convencê-la, com todo o carinho, de que estavam precisando de uma semana de férias, fazia tempo que não ficavam juntos, só os dois. E ela fingiu ceder. Já estava convencida muito antes de ele lhe trazer as passagens. Já sabia que, se não fosse aqui, seria em Bangcoc ou no Iêmen ou em Istambul, em algum lugar ela teria de desaparecer. Tinha de desaparecer desde que disse aquela frase: "Para você, o melhor seria que ele não existisse, ele é a sua fraqueza". Que ele fingiu não ter ouvido, porque nem se deu ao trabalho de perguntar "ele quem?". Sabia que ela podia estar jogando verde ou fazendo uma provocação equivocada sobre a aparente e inesperada crise de ciúmes da tarde. Sabia que ela podia estar falando de outra coisa, ou mesmo de outra pessoa, e não do cliente. Sabia que ela podia não estar sabendo de nada. Mas não podia abrir o flanco. Não podia nem se dar ao trabalho de perguntar "ele quem?". Ela havia comprado a própria morte com aquela sentença. Ele só não sabia é que com a morte dela quem morria era ele. Tomaram o avião à noite e chegaram aqui pela manhã. Ele estava calmo, ou pelo menos fingindo-se de calmo, apesar do horror de avião. Foi muito solícito com ela durante toda a noite. E ela estava pagando para ver. A vida para provar que Deus não existe. É muito provável que estivesse cansada. Cansada de imaginar novas peças de horror. Tinha apostado todas as suas cartas naquela última. Sabia que seria a última. Ele também. Só que ele pensava que a última cartada seria dele e não dela. Por isso, estava calmo. Passaram pelo controle de passaportes, pela alfândega, e, ao saírem com suas bagagens, um homem falando francês e com uma folha de papel em que estava impresso o sobrenome do casal os esperava no saguão do aeroporto. "Viu como foi fácil? Eu já tinha deixado tudo preparado. Daqui para a frente, eles cuidam de tudo", o marido disse à mulher num tom paternal que ela retribuiu com o seu sorriso, "à maneira americana". O homem os acompanhou até um carro do lado de fora. Ela entrou primeiro, depois o marido. O homem que os tinha recebido e o motorista cuidaram das malas. Depois, entraram no carro. O marido lhes deu o endereço do hotel. Mas eles tomaram o sentido oposto. Não foi ela quem primeiro estranhou. Estava cansada, tinha se entregado. Já sabia do seu destino. Ou suspeitava, pelo menos. Tinha vencido. Cabia a ele dar o sinal. E foi o que ele fez a certa altura. Fingiu estar desconfiado e apreensivo. E foi só ao notar o falso nervosismo dele que ela saiu de seu estado de dormência e lhe perguntou o que era. Foi nessa hora, quando o marido lhe disse que achava que não estavam no caminho certo, enquanto se afastavam do centro, passando por casebres, a imundície e os terrenos baldios, que ela incorporou o papel da vítima e, também ficando nervosa de repente, perguntou ao homem que os tinha recebido no aeroporto para onde estavam indo e recebeu a resposta fatal. Ele se virou para trás e mandou os dois calarem o bico, não "à maneira americana", mas de um jeito ríspido e bruto que a aterrorizou pela primeira vez. Era essa, afinal, a brincadeira. Aquilo sim era o horror. Por mais que você tivesse tudo planejado (como era o caso dela, sem que o marido soubesse, achando que era ele que tinha o domínio da situação), por mais que soubesse por onde estava indo, no fundo nunca sabia. Sempre havia surpresas, coisas inesperadas. Como quando o homem que os tinha recebido no aeroporto encheu a mão e deu um tapa na cara dela. E ela, que tinha se empinado, sentada na ponta do banco de trás para perguntar aonde estavam indo, voou de volta para o encosto. Aqui eles brincavam diferente. Ela tentou abrir a porta e se atirar para fora do carro. E aí, ao perceber que não conseguia, começou a chorar. Chorou pela vida afora. A vida para provar que Deus não existe. Lembrou da infância, do internato, dos irmãos em silêncio quando apanhavam com cinto, da temporada na casa dos avós, da morte da avó, da certeza de que o inferno era aqui mesmo, do primeiro emprego e da operação que fez com o primeiro dinheiro que recebeu, a primeira automutilação, a primeira entre tantas, sem contar a ninguém, convenceu um médico a lhe tirar o útero, para que não tivesse nunca a chance de engravidar e pôr uma criança neste inferno, nem se fosse por um infeliz acaso ou se viesse a fraquejar em sua determinação, por amor ou sabe-se lá que outra mentira, não queria ficar à mercê nem do acaso, nem do amor, nem da possibilidade de vontades contraditórias, o ser humano é complexo, o ser humano inventa qualquer coisa para justificar o que não pode explicar, inventa Deus e o amor, e com o primeiro dinheiro que ela ganhou deu um fim a toda essa farsa e à culpa de poder trazer alguém ao mundo para provar, como ela, que Deus não existe, deu um fim a toda essa mentira, mas sem que ninguém soubesse, para não ser chamada de louca, não queria ser chamada de louca, tanto que não contou nem ao marido, nem a ele, quando se conheceram na firma e quando montaram juntos o desfalque, de forma que não pudessem ser pegos, baseados na mais absoluta confiança do patrão, ela fazendo as contas, ele como consultor jurídico, nem quando foram parceiros no crime, nem quando se casaram na capela acima do vale onde ele tinha nascido, nem diante do altar ela contou — disse que a cicatriz era de uma cesariana, falou de um feto morto — e foi só quando ele descobriu a verdade, e ela percebeu que o horror podia escapar das mãos, que decidiu propor aquele jogo, já que tudo morre, menos o horror. O fundamento de toda a filosofia do barão. Chorou pelo casamento a que decidiu convidar só a irmã, a única entre os convidados que entendia o que era aquele casamento, mais um ato de automutilação, que sua vida só podia ser uma série de atos de automutilação para provar que Deus não existe, queria que pelo menos um dos convidados compreendesse o que estava acontecendo, e se comovesse, tivesse piedade dela. Chorou por aquele último ato de auto-imolação, dentro do carro, ao lado do marido, a caminho do sacrifício e da morte. Chorou pela expressão da irmã na igreja, a única da sua família que ela convidou, perdida, como ela, entre os parentes dele e os membros do partido de extrema direita cujas reuniões eles freqüentavam, a expressão de quem sabe o que tudo significa, mais um passo na sua automutilação. Chorou ao compreender a vitória que tinha alcançado quando disse aquela frase ao marido: "Para você, o melhor seria que ele não existisse, ele é a sua fraqueza", fazendo-se de Lady Macbeth "à maneira americana", sentada no sofá com um brilho nos olhos e um copo de uísque na mão, a vitória de sua morte depois de uma vida de mutilações. Chorou de medo também, do medo que deixaria como herança ao marido quando ele compreendesse por fim o que tinha feito ao matá-la, esse medo que agora era só dela e em mais alguns minutos, depois de ela ter partido, seria só dele. O medo de todos. O medo dos que ficam. Chorou copiosamente sobre seus trinta e tantos anos. Chorou da cara do marido ao descobrir que ela não tinha mais o útero desde os vinte anos, o que ela nunca contou a ninguém. Foi o médico do vilarejo que o chamou ao consultório para lhe anunciar constrangido a razão pela qual a mulher não engravidava depois de seis meses de casados. O marido estatelado perguntou ao médico como é que aquilo era possível, que ela não tivesse o útero. E o médico foi obrigado a lhe explicar. "Então, ela é louca?", foi a única coisa que conseguiu perguntar ao médico, como uma espécie de resposta. "Então, ela é louca?", antes de voltar para casa e encontrá-la sentada no sofá, com um brilho nos olhos e um copo de uísque na mão. Chorou da cara do marido ao entrar em casa naquela noite com a expressão de quem descobre o logro de que foi vítima. Podia ter se excitado com aquela mutilação de fundo filosófico, que correspondia tão bem às idéias do barão. Podia ter apreendido tudo de um outro ângulo. Mas ficou horrorizado. Chorou do tapa que levou dele sentada no sofá ao recebê-lo em casa naquela noite, quando percebeu que só lhes restava o horror. Chorou de pena dele, aquele homem horrível, e dela, aquela mulher horrível. Chorou copiosamente pelos dois. Até o homem no banco da frente se virar mais uma vez e lhe acertar outro tapa no meio da cara, gritando para ela parar de chorar de uma vez. Agora, que se aproximava da morte, estava desesperada. Sumiu a encenação. Sumiu a segurança. Sumiu a dissimulação. Sumiu a certeza de que sairia vencedora. Começou a gritar, a se debater, e foi só quando o marido a segurou que ela de repente voltou a si, ao olhá-lo nos olhos e ver o que ele não via, que a vencedora era ela — ou será que ele era tão trouxa para achar que ela ia chegar ao ponto de acatar tudo o que ele lhe propunha sem pensar na desforra? Viu nos olhos dele toda a satisfação da sua inconsciência, e com isso não chegou a se acalmar, mas entrou num estado catatônico que pelo menos a anestesiou pelo choque e a impediu de qualquer reação, inclusive de continuar gritando. Ficou pasma. Foi o que ele compreendeu a posteriori. Retrospectivamente, depois de entender a armadilha em que tinha caído, o marido recordou nos olhos dela à beira da morte o que ela tinha visto nos olhos dele, a inconsciência, e que a fez silenciar. Ele tinha arquitetado tudo, achando que ela não perceberia nada. Tinha achado que poderia desrespeitar as regras do jogo e adiantar-lhe a morte sem que ela notasse. Achou que ela continuaria jogando como das outras vezes, que se submeteria de bom grado sem saber que aquela era a última vez. Não percebeu que, de certa maneira, ela havia programado tudo com aquela frase: "Para você, o melhor seria que ele não existisse, ele é a sua fraqueza". Ele quem? Mas ele não perguntou. Caiu como um patinho. Ele quem? Era a pergunta a ser feita. Mas ele não fez. Deduziu que ela estivesse falando do cliente de quem ele planejava se livrar, assim que pudesse, assim que tivesse uma chance. Achou que ela soubesse, que tivesse lido seus pensamentos. Porque a única pergunta martelando a cabeça dele era como ela podia ter descoberto. Mas era a pergunta errada. E se ela estivesse falando de Deus? "Para você, o melhor seria que ele não existisse, ele é a sua fraqueza." Impertinente. Ousando pôr em dúvida toda a filosofia do barão. Ou se estivesse falando do próprio barão. Você entende? Ele entendeu a posteriori. Caiu como um patinho no jogo de automutilações da mulher louca, que já casou sem útero para não correr o risco de pôr uma criança no mundo, mais uma para provar que Deus não existe. Desde o início era para aí que o jogo avançava, para a auto-imolação, e como é que ele não viu? Não viu enquanto a segurava no carro e o homem no banco da frente se virava e lhe acertava outro tapa de mão cheia na cara. Ela olhava para o marido, olhava para o homem no banco da frente, olhava para o motorista, e já não dizia mais nada. Depois de tudo o que tinha feito contra si mesma, tinha chegado ao final, e ainda por cima carregando consigo aquele que se tomava por carrasco quando não passava de vítima. Tinha chegado ao final, depois de todas as automutilações, como vencedora. Morria para destruir a vida daquele homem que acreditou que podia destruir a dela. Pela primeira vez, com a sua própria morte, conseguia mirar no outro a destruição que ao longo de toda a vida tinha reservado para si, o que era um progresso, ele compreendeu a posteriori, quando se lembrou da mulher olhando pela janela do carro em silêncio, depois de ter sido esbofeteada, enquanto ele a segurava no carro avançando em direção ao lugar do sacrifício e da última encenação naquele jogo de horrores. Ela ia com os olhos perdidos no vazio do horizonte como se estivesse resignada à própria sorte que finalmente tinha compreendido. O carro tomou uma estrada de terra e, depois de uns dez minutos sacudindo por um lugar cada vez mais ermo, encostou ao lado de um matagal. O marido e a mulher se olharam. Os dois no banco da frente se viraram para trás e olharam para o marido. O marido olhou para os dois no banco da frente. Olhou de novo para a mulher. O homem que os recebeu no aeroporto fez um sinal com a cabeça e o marido soltou a mulher. O casal ainda se olhou naquela espécie de despedida, antes de ele dizer a ela para sair do carro e correr. "Corra!", ele disse. Ela abriu a porta, mas, antes de descer, já com um dos pés do lado de fora, virou-se para ele e ainda conseguiu dizer, "à maneira americana", que sempre soa falsa, como se estivesse num filme de gângsteres e aquela não fosse a sua própria morte, com um brilho nos olhos e um sorriso nos lábios: "Xeque-mate!". Ele não entendeu de saída. Pensou que ela não podia ser tão ingênua de achar que ainda pudesse escapar àquela altura. Ela começou a correr. O homem que os tinha recebido no aeroporto abriu a porta, desceu do carro e, de pé do lado de fora, apontou o revólver para as costas da mulher que corria aos trancos. O marido tinha baixado o rosto no banco de trás. Nem se deu ao trabalho de sair do carro e correr também, nem que fosse numa tentativa cabotina de fingir até o último instante que estavam no mesmo barco, ele e a mulher, depois de já ter deixado bem claro que não estavam, nem que fosse para que ela não levasse a pior imagem dele para a morte. Baixou o rosto no banco de trás e fechou os olhos com a última frase da mulher, que não lhe saía da cabeça: xeque-mate, xeque-mate, xeque-mate, e de repente ele entendeu e gritou: "Não!", com todas as forças e ao mesmo tempo que ouvia os dois tiros secos e o barulho de um corpo caindo como um bicho, voando, ceifando o matagal. "Não!" Ele saiu do carro e caiu de joelhos, de boca aberta e os olhos aterrados. O homem com o revólver deu a volta no carro, veio até ele e o olhou de cima. Quando o marido levantou o rosto, levou um chute na coxa e caiu deitado de lado, gemendo. "Arregou?", perguntou o homem com o revólver. "Na última hora?" O francês não dizia mais nada. Não entendia mais o que o homem estava dizendo, agora naquela língua estranha. Tinha compreendido quando já era tarde demais. Não sabia ainda o que o esperava, mas podia supor. Ele a havia subestimado. O homem de revólver o cutucou com a ponta do sapato e o mandou levantar, em francês. "Agora é a sua vez de correr. Ou está arrependido? Me passa todos os documentos, cartão de crédito, o dinheiro." O francês tirou o que tinha dos bolsos e disse que o resto estava na mala, apontando para o carro. Assim como o pagamento combinado. "Levanta!", gritou o homem com o revólver e o chutou de novo, antes que ele pudesse tomar qualquer atitude. "Para que eles não desconfiem", disse o homem de revólver, com um sorriso sarcástico. O francês tentou se levantar, gemendo. "Vai!", ordenou o homem com o revólver, e ele saiu mancando na direção contrária à da mulher. Não queria vê-la por nada neste mundo. Não podia ver o corpo jogado no chão. "Para lá não, sua besta! Para o outro lado!", gritou o homem apontando o revólver na direção de onde tinha caído a mulher. O francês correu uns cinqüenta metros, gemendo. Até que ouviu o tiro e, ao mesmo tempo, sentiu uma dor horrível na perna, que o fez cair no chão, não muito longe de onde tinha voado o corpo da mulher, ceifando o mato. Ainda no chão, ouviu o carro dar a partida e ir embora pela mesma estrada de terra.

Foi um dos primeiros clientes que ele recebeu no escritório. Sete meses depois de ter se instalado. Era um técnico em informática que vivia recolhido num sítio das redondezas. Um sujeito estranho, que vivia sozinho e que o procurou atrás de conselhos sobre um assunto que dizia ser do maior sigilo, embora nunca o revelasse. Nos dois primeiros encontros, fez várias perguntas e foi embora, sempre sem dizer exatamente por que precisava de um advogado. Desde perguntas de praxe, mas um tanto enigmáticas (por exemplo: se se comprometia a cumprir à risca o código de honra na defesa de um cliente, a despeito de qualquer eventualidade), até outras menos freqüentes (se estava disposto a aceitar esse caso mesmo sabendo que poderia ser atormentado pela polícia e pelos desejos mais contraditórios). Era um sujeito muito estranho, que o irritava e que ele teria ignorado em outras circunstâncias, mas não ali, sete meses depois do casamento e de ter aberto o escritório, e a menos de um ano — tempo ainda insuficiente para poderem esbanjar o dinheiro — do desfalque que deram, ele e a mulher, na firma em que se conheceram, o golpe perfeito, baseado na confiança, de forma que não pudessem ser pegos. Não era agora que ia estragar tudo. Tinha agido com moderação: comprou apenas a casa de onde via ao longe as ruínas do castelo do barão que venerava, e instalou o escritório numa ruela do vilarejo, uma salinha onde o cliente apareceu pela primeira vez numa tarde quente de primavera, de chapéu, sobretudo e óculos escuros. Com exceção de um velho magistrado que vivia postergando a aposentadoria, não tinha nenhuma outra concorrência num raio de cinqüenta quilômetros. Mesmo assim, continuava sem clientela. E o técnico em informática, por mais esquisito que parecesse, era um dos primeiros a aparecer em sete meses. Era um homem desconfiado. E com toda a razão, já que o que escondia era uma mina de ouro. Finalmente, no terceiro encontro, quase um mês depois do primeiro, disse ao advogado que o estava contratando como intermediário numa transação que ia deixar o sistema financeiro do país de pernas para o ar. Estava disposto a pagar alto pelo sigilo e a discrição. Queria que o advogado marcasse uma reunião com a cúpula do banco central, em Paris. Pela primeira vez, já não conseguindo mais conter sua irritação, ele riu do cliente. "Aqui está o número. Pegue o telefone e ligue. Eles estão esperando", respondeu o técnico em informática, impassível. O advogado parou de rir e ficou olhando para o cliente. Quem conta é ele mesmo, quando entra em crise. É sempre a mesma história: pegou o número, tirou o fone do gancho e, quando ia discar, foi interrompido mais uma vez pelo cliente, que pôs a mão sobre o aparelho: "Antes é bom saber que a partir de agora não haverá mais volta. E que em poucas horas este escritório poderá estar cercado pela polícia. É preciso que esteja ciente de que será tentado por desejos contraditórios". O advogado já tinha entendido que se tratava de um caso de grandes riscos, embora desconhecesse o conteúdo. "É para o seu próprio bem", tinha lhe explicado o cliente ao justificar que não podia revelar do que se tratava. Com o fone na mão, ele discou o número do banco central em Paris, disse à secretária que o atendeu que gostaria de marcar uma reunião com a diretoria e ficou perplexo quando ela lhe respondeu que o presidente já ia atendê-lo, estava esperando seu telefonema. Em uma hora, a polícia tinha cercado o escritório. Mas nem o advogado nem o cliente estavam mais lá. O cliente foi embora da mesma forma como tinha aparecido, com o chapéu, o sobretudo e os óculos escuros, não sem antes explicar ao advogado que, a partir daquele momento, não se veriam mais, e que receberia todas as instruções por telefone ou correio. Assim como o pagamento. Antes de sair, o cliente deixou a primeira parcela, em dinheiro, e o envelope que o advogado devia levar pessoalmente à reunião com a cúpula do banco central em Paris. Quando a polícia chegou, o advogado já estava em casa, ao lado da mulher sentada no sofá com um copo de uísque na mão. Desde a primeira visita do cliente, ele não tinha lhe dito nada. Também não fez nenhuma menção ao caso naquela noite. Quando ela lhe perguntou o que ia fazer em Paris no dia seguinte, ele respondeu: "Reunião de negócios" e não abriu mais a boca. Já fazia mais de dois meses que tinham começado o jogo de horrores. O envelope que o cliente lhe deixou estava lacrado. No dia seguinte, como combinado, ele o entregou à diretoria do banco central. O presidente abriu o envelope e tirou de dentro uma folha de papel coberta de números. A folha passou de mão em mão em volta da mesa — excetuando-se o advogado, é claro — e voltou à mão do presidente. A reunião não durou mais do que cinco minutos. O presidente se virou para o advogado do técnico em informática e disse que ele podia avisar ao cliente que o conselho se manifestaria nos próximos dias. Antes de sair, o advogado relatou o que havia acontecido na véspera, quando a polícia cercou seu escritório, pelo que lhe informaram no vilarejo. Disse que esperava que incidentes desagradáveis como aquele não se repetissem. O presidente garantiu que aquilo não ocorreria de novo. Passados uns dez dias, e depois de relatar em detalhes ao cliente a reunião de Paris, o advogado recebeu uma ligação do presidente do banco central. O velho exigia o telefone do técnico em informática, ou o endereço, qualquer coisa, qualquer coisa, ele gritava ao telefone, enquanto o advogado tentava explicar que, mesmo se quisesse entregar o cliente, não podia, simplesmente porque não fazia a menor idéia do seu número de telefone, muito menos de onde morava, o cliente só lhe telefonava de cabines públicas, e nos horários mais inesperados, para evitar o rastreamento da polícia. Foi quando o presidente pediu uma outra prova: "Quero mais uma prova". "Prova de quê?", perguntou o advogado, revelando a sua mais completa ignorância, o que de certa forma o inocentava, era o seu álibi. "Diga a ele que quero outra prova. Ele vai entender", respondeu o presidente, e desligou. O advogado entendia cada vez menos. E o papel de mero mensageiro começou a irritá-lo. Queria saber com o que estava lidando. Qual era o segredo entre seu cliente e o sistema bancário do país. No telefonema seguinte, perguntou ao cliente, que repetiu mais uma vez o que já tinha dito ao contratá-lo: que era melhor que não soubesse para a sua própria segurança. "O que eu descobri é enorme. O que eu sei pode deixar todo o sistema financeiro de pernas para o ar." Foi só aí que o advogado teve certeza de que era intermediário de uma chantagem de proporções nacionais, envolvendo toda a organização financeira do país. Entendeu, sem saber exatamente do que estavam falando, que o presidente do banco central queria com aquela nova prova uma confirmação do conhecimento do técnico em informática sobre um segredo de Estado. "Mais que isso", corrigiu o cliente ao telefone: "Descobri o que nem eles sabiam. Deveriam me agradecer. Levei três anos da minha vida para descobrir um segredo capaz de pôr todo o sistema financeiro de cabeça para baixo. Não pretendo usá-lo. Não estou fazendo nenhuma ameaça. Não estou fazendo nenhuma chantagem. Só quero ser pago pela minha descoberta. Como qualquer inventor ou cientista. Vendo a minha descoberta e não se fala mais no assunto. Compram a minha descoberta e levam de brinde o meu silêncio. Deveriam me agradecer, mas me tratam como um criminoso". Foi quando o advogado começou a vislumbrar o que a mulher ia verbalizar tão bem com aquela frase, sentada no sofá, quase três meses depois da terceira e última aparição do cliente no escritório, com um copo de uísque na mão, "à maneira americana": "Para você, o melhor seria que ele não existisse, ele é a sua fraqueza". O que ela estava dizendo? De quem estava falando? Como é que podia saber exatamente o que vinha tomando a cabeça dele nos últimos meses? Como é que tinha descoberto? A única vez que ele havia comentado com ela sobre o cliente foi ao voltar da primeira reunião com a cúpula do banco central em Paris. Estava espantado com tudo aquilo e não se conteve. É humano. Comentou rapidamente, ou melhor, deixou escapar algumas palavras sobre o cliente e os números, a folha coberta de números, ilegível até para pessoas que, como ela, viviam fazendo contas. Mas depois não disse mais nada, porque logo percebeu o potencial do caso e os possíveis desdobramentos, que não excluíam a eliminação do técnico em informática, o que de certa forma seria fácil, já que ninguém nunca o tinha visto, mas só se ele fosse tolo o bastante para reaparecer. Porque bastava pôr o pé no escritório para a polícia cair-lhe em cima. O ideal seria que o advogado descobrisse onde ele se escondia. Mas ainda assim não poderia eliminá-lo antes de conhecer o segredo. Estava de mãos atadas. Logo ele, que tinha um bloqueio com os números. Antes de eliminar o cliente, precisava do segredo para continuar a chantagem. O plano ideal. Em vez dos honorários que o cliente tinha se comprometido a lhe pagar em parcelas mensais, ficaria com todo o dinheiro da chantagem. Tinha entendido as proporções da situação sem no entanto fazer a menor idéia do que se tratava. Precisava descobrir o segredo para poder continuar negociando como intermediário, só que de um morto, e depois embolsar todo o dinheiro com a vantagem de ainda por cima sair limpo. Nem pestanejou ao receber o segundo envelope lacrado, pelo correio, um mês e meio depois do primeiro, a confirmação da prova que o presidente exigia e que ele deveria levar pessoalmente a Paris. Não pensou duas vezes antes de abri-lo e se deparar com outra folha de papel coberta de números. Aquilo era irritante. Por que números? E por que logo com ele, que tinha manifestado problemas de ordem algébrica desde pequeno? Procurou um matemático, sem nenhum resultado. O sujeito apenas lhe confirmou o óbvio, que ali devia haver um código, pela combinação, freqüência e alternância dos algarismos, mas que era preciso partir ao menos de alguns parâmetros de base para decifrá-lo. Era preciso saber o que representava cada número e o lugar que ocupava no conjunto, conhecer a língua em que estava escrita a fórmula para poder lê-la. O advogado saiu dali muito irritado. Tão irritado que nem se preocupou em guardar a folha ao chegar em casa no meio da noite. Ele a esqueceu aberta em cima da mesa. Qual o perigo, se era ilegível? Só a recuperou pela manhã. Viajou a Paris mais cedo do que o necessário, para poder consultar outros matemáticos antes da segunda reunião com os banqueiros no dia seguinte. Mas obteve a mesma resposta. A folha era ilegível sem o estabelecimento de uma convenção prévia sobre a qual se basear para a interpretação, sem uma semântica. "Assim até eu!", gritou o advogado com um dos matemáticos, o terceiro que viu na mesma tarde em Paris, um velhinho de cabelos brancos e guarda-pó, que na mesma hora o expulsou da sua sala na universidade proferindo obscenidades em russo, sua língua de origem e que não falava desde a infância, embora continuasse sendo a sua predileta. Ninguém fazia a menor idéia do que estava escrito ali, mas quando, na reunião, o presidente do banco central abriu o envelope, antes de passar adiante a folha de papel ao conselho de diretores, despencou na cadeira com as mãos na cabeça, balbuciando em desespero: "Aqui está a prova". Aquilo deixou o advogado ainda mais louco. Se aqueles banqueiros podiam ler a combinação de números, como era possível que ninguém mais pudesse? Ficou tão perturbado que, em vez de esperar até de noite para voltar para casa, de trem, como havia previsto, e apesar do horror de avião, resolveu pegar o primeiro vôo ainda no início da tarde. Ligou para a mulher e pediu que fosse esperá-lo no aeroporto. Não podia mais perder tempo. Tinha de achar o cliente antes da polícia. Tinha de eliminá-lo, não sem antes convencê-lo ao impossível, a lhe contar o segredo, precisava decifrar o que diziam aqueles algarismos. Ao saírem do aeroporto, que ficava a cinqüenta quilômetros das ruínas do castelo do barão libertino e da colina onde moravam, a mulher disse que precisava pegar uma encomenda no vilarejo antes de voltar para casa. Enquanto ela pagava pelo que havia encomendado, ele entrou numa farmácia para comprar os ansiolíticos que vinha consumindo em progressão nos últimos tempos e, ao sair, deu de cara com a cena mais inesperada: o cliente, sem óculos escuros, chapéu ou sobretudo, falando muito animado, do outro lado da rua, à mulher já com o embrulho na mão. Tudo escureceu e por pouco ele não caiu no meio da rua. Não era só ele. O cliente também não teria podido imaginar que o encontraria ali. É provável que achasse que o advogado ainda estava em Paris, como previsto, e aproveitou a tarde para fazer o que tinha de fazer no vilarejo, crente de que estava em território seguro. Também não podia imaginar que aquela era a mulher dele. O advogado atravessou a rua e se aproximou da mulher. O cliente ficou lívido. Por uns segundos, os dois se fitaram perplexos e em silêncio. O advogado podia ver pela primeira vez a expressão de horror, e não o rosto impassível com que o técnico em informática tinha se apresentado nas únicas três vezes em que foi ao escritório. Estava de jeans, tênis e uma camiseta branca. É difícil imaginar qual dos dois ficou mais estupefato. Mas souberam disfarçar, porque ela mal percebeu. Por sorte, o advogado não tinha sido seguido pela polícia. Os dois fingiram que não se conheciam quando a mulher os apresentou: "Senhor... Desculpe! Como é mesmo o seu nome? Este é o meu marido". Cumprimentaram-se. O cliente, de repente muito nervoso, disse que precisava ir embora, estava atrasado, que foi um prazer revê-la e conhecer seu marido, e sumiu. Na mesma hora, o advogado se virou para a mulher e perguntou, com os olhos em chamas, de onde ela conhecia aquele homem. Ela lhe perguntou se ele se lembrava do dia em que, meses antes, ela tinha perdido sem mais nem menos o controle do carro e se esborrachado numa árvore no meio de um milharal. "Pois bem, foi esse senhor que me socorreu. Acho que ele mora nas redondezas." O advogado ainda tentou segui-lo. Correu até a esquina, mas não havia mais sinal do cliente. Voltou, segurou a mulher com toda a força pelos braços e a sacudiu no meio da rua, tentando arrancar mais informações. Queria saber por força onde tinha sido o acidente. No começo ela ainda riu, disse que estava machucando, que ele estava louco, e perguntou de onde vinha, de repente, tanto ciúme. Mas logo percebeu que o marido não estava para brincadeiras; estava fora de si. Ele a arrastou até o carro e perguntou de novo onde tinha sido o acidente. Perguntou mil vezes, aos berros, enquanto ela tentava se lembrar onde ficava o milharal, trêmula. Ele ia gritando enquanto dirigia pela estrada, perguntando o que mais ela estava escondendo, por que nunca tinha dito que conhecia aquele homem. Depois de deixá-la em casa, saiu com o carro a toda, seguindo as indicações dela. Estava decidido a descobrir onde morava o cliente antes de escurecer. Só voltou à noite. Foi quando ela, sentada no sofá com um copo de uísque na mão, o recebeu com aquela frase fatídica, ironizando o que para ela pareceu ser uma crise intempestiva de ciúmes: "Para você, o melhor seria que ele não existisse, ele é a sua fraqueza". Podia estar falando de um homem qualquer que encontraram na rua, e não do cliente especificamente, que ela nem sabia quem era. Podia estar falando de Deus. Ou do barão e de sua filosofia da traição. Mas não foi assim que ele entendeu. A fraqueza dele eram os números. Ela devia estar falando de outra coisa. Devia saber de alguma coisa. Mas agora que ele tinha finalmente uma pista do paradeiro do cliente, que só lhe ligava de telefones que a polícia não conseguia rastrear, de cabines públicas, cada vez de um lugar diferente, das regiões mais diversas e distantes umas das outras, assim como as agências de correio em que postava seus envelopes, sem a menor lógica, agora que tinha finalmente uma pista não podia perder a oportunidade. Por semanas, tinha tentado achar o cliente. Estava excitado como se tivesse afinal descoberto um pouco do segredo e violado sua intimidade. Mas era só uma ilusão. Mais do que nunca, tinha de se precaver para não ser seguido e entregá-lo sem querer à polícia e aos banqueiros, agora que já tinha meio caminho andado. Durante todo o trajeto de volta até em casa, não parou de pensar um só segundo. Tinha de dar um sumiço no cliente antes que a polícia ou os banqueiros o encontrassem, mas não podia matá-lo sem conhecer o segredo. Não podia ficar vulnerável à eventualidade de os banqueiros lhe pedirem uma nova prova e ele não ter o que mostrar. Precisava descobrir o segredo a qualquer preço antes de matar o cliente. Era provável que tudo isso tivesse sido pensado desde o início pelo próprio técnico em informática, que não podia confiar em ninguém. Não ia entregar sua vida nas mãos de um advogado de província sem uma garantia qualquer. O seu trunfo era o seu segredo. A garantia de que o advogado não o mataria. "Você será tentado por desejos contraditórios." Ninguém podia dar prosseguimento à chantagem sem ele, sem conhecer o segredo. Porque o segredo era ele, em pessoa. O segredo desapareceria com ele. O plano que o advogado elaborou, voltando para casa, não tinha nada de perfeito, mas, dadas as circunstâncias, era o que podia ter achado de melhor. Pediria uma série de novas provas ao cliente, inventaria que era uma exigência dos banqueiros. E, em vez de mandá-las para Paris, ele as guardaria para uma eventualidade, depois que desse um sumiço no cliente. Faria um estoque de provas para quando precisasse delas, mesmo sem fazer a menor idéia do que queriam dizer. O plano não tinha nada de perfeito, mas não havia outra opção. Agora que já tinha uma pista de onde morava o cliente (não havia muitas casas naquela área, perto do milharal), tinha que se apressar antes que ele próprio desaparecesse, porque não era bobo, é lógico que devia estar prevendo o pior desenlace depois do encontro inesperado no vilarejo. Chegou em casa com todo o plano na cabeça e foi recebido pela mulher sentada no sofá, com um copo de uísque na mão: "Para você, o melhor seria que ele não existisse, ele é a sua fraqueza". Ele quem? De onde ela tinha saído com aquilo? Mas ele não podia perguntar. Com aquela frase, ela assinou a própria sentença de morte, como se diz nos filmes de gângsteres. Na semana seguinte, enquanto arquitetava a morte do cliente, o advogado planejou também a dela. Não sabia do que ela estava falando, mas não podia pôr tudo a perder por uma mera dúvida. Descobriu onde morava o cliente e contratou os matadores para a mulher. Foi o tempo para que ela também tomasse as suas providências, enquanto o marido dava seus telefonemas internacionais. Ficou desconfiada. Somou uma coisa com a outra. Fez suas contas e traçou a revanche, enquanto ele combinava que lhe dariam um tiro na perna. Tudo pela verossimilhança. Era o preço a pagar. O advogado observou mais de uma vez a casa do cliente, de longe, sem que fosse notado. Na véspera da viagem, ela leu para o marido, na cama, um capítulo das obras reunidas do barão. O trecho em que o autor explicava a vingança como gozo. Ela leu sentada em cima dele, com as costas apoiadas nas suas pernas dobradas. Fazia meses que não dormiam juntos. O fato é que ele sentiu um desejo revigorado pelo gosto de matá-la em dois dias, que aquela seria a última vez: "Você será tentado por desejos contraditórios". Estava tomado pela excitação mórbida de pensar que aquele corpo que se entregava a ele estaria morto em menos de dois dias. E, por isso, mal ouvia o que ela lia em voz alta: "Tu que ainda és jovem e bela — e justamente por seres assim — tens, dentre todos nós, as maiores chances de vencer no horror e na vingança as grades do confinamento humano. Justamente por serem jovens e belas, as que melhor proveito poderiam tirar do horror e da vingança não lançam mão desse potencial enquanto ainda tudo podem, são enganadas primeiro pela família e pela Igreja e depois pelo casamento, para só descobrir quando já foram desarmadas pelos anos de dedicação, reprodução e submissão à mesma lógica que nos subjuga a todos, que perderam a oportunidade de libertar o ser humano da prisão em que ele próprio se trancou, nas trevas, sem enxergar um palmo adiante do nariz, ignorante da própria condição, a tentar conter inutilmente os seus instintos. Eu te exorto, minha querida, a fazer de mim um instrumento da tua vingança e do horror, a minha vocação mais sincera, que só pode se realizar pelas mãos de uma bela jovem como tu. Eu te exorto, minha donzela deflorada, a fazer dos teus predicados perdidos uma arma implacável contra a lógica ilógica das convenções que nos impedem de nos manifestarmos em todo o nosso esplendor natural. Torna este mundo em que vivemos confinados, como numa cela escura, tão insuportável e incompreensível para eles quanto já o é para nós". Ela lia em voz alta enquanto ele gozava como um surdo, embora hoje repita sem parar o mesmo trecho, de cor e salteado. Um escritor lamentável o tal barão. Na hora não notou que aquele livro tinha se tornado o manual dela, sua bíblia, que ela tinha aprendido a lição, e estava prestes a pôr esses ensinamentos em prática. Ela não fez maiores objeções à viagem, depois de perguntar com aquele sorriso "à maneira americana" se não era uma cidade perigosa demais. E de ouvir dele a garantia mais descarada: que nada pode abolir o acaso, e que se não fosse aqui, haveria de ser em Bangcoc ou no Iêmen ou em Istambul ou em qualquer outro lugar. E ela concordou, não sabendo ainda que ele falava de sua morte. Ela tinha de desaparecer desde que disse aquela frase, com um brilho nos olhos, um sorriso nos lábios e um copo de uísque na mão. Preferia não saber que no fundo ele se referia à sua morte, mas inconscientemente já sabia ou supunha, porque não teria armado aquela reviravolta teatral se não soubesse. Tudo completamente sincronizado para que ele só percebesse que tinha perdido na última hora, quando a queda e a decepção da descoberta fossem grandes demais para que pudesse suportar o resto da vida. Ela calculou sua vingança com uma precisão inumana. Encenou o horror capaz de arrastar consigo a lógica da cela escura em que viviam confinados e, fazendo com que ele finalmente enxergasse, tornar-lhe o mundo tão incompreensível e insuportável, e tão paradoxalmente escuro quanto seria o dela quando estivesse morta. Sua vingança foi fazer o cego ver no escuro e o surdo ouvir no silêncio. Ele caiu no meio do mato com a perna ferida. O rosto da mulher estava enfiado na terra. Ela tinha voado para a frente, ceifando o matagal, para acabar de bruços, na terra, morta. Xeque-mate, xeque-mate, xeque-mate. Ele tentou se recompor. Tinha de achar alguém que o levasse à polícia. Na delegacia, contou que foram vítimas de um assalto. Contou que tomaram o carro de um homem que os abordou no aeroporto. Acharam que era normal. Acharam tudo muito normal até verem que estavam se afastando da cidade, passando por casebres, montes de lixo, terrenos baldios. Foi quando ela reagiu e tomou o primeiro tapa na cara. Pegaram uma estrada de terra num lugar ermo, sim, ele reconheceria, podia levá-los até lá. Pararam o carro e depois de lhes tirar tudo, dinheiro, jóias, cartões de crédito, mandaram os dois descer e correr, e enquanto corriam ele ouviu dois tiros e viu a mulher cair e mais outro tiro e sentiu uma dor horrível na perna e se atirou ao chão, desesperado, ao lado dela, como se estivesse morto, morto como ela, para que eles fossem embora, e o deixassem ao lado da única razão de sua vida, a mulher que o acompanhou em cada momento, por todos os maus momentos, e mesmo pelos horrores, nunca o abandonou, caído ao lado dela na esperança de poder salvá-la também. E quando teve certeza de que tinham ido embora, saiu andando como pôde, arrastando a perna, porque só pensava em salvá-la, em achar alguém para salvá-la, trazê-la de volta da morte. Foi como ele contou a história à polícia. O que tinham vindo fazer aqui? Se divertir. Estavam de férias. Queriam desfrutar a felicidade do casamento em paz, como num sonho. Não podiam esperar aquilo. Não era justo, não era justo. Os policiais o levaram de volta ao local do crime, guiados pelo pobre coitado que o havia achado perdido no meio dos montes de lixo e esgoto, mancando por uma estrada de terra. "O mundo fede." Foi o que o delegado disse ao intérprete que mandaram do consulado. Mas ninguém respondeu nada, enquanto passavam pelo lodo e os barracos até chegarem ao corpo da francesa coberto de moscas. "Não era bem o que o senhor esperava da sua viagem, não é?", o delegado perguntou e o intérprete traduziu. Mas ninguém respondeu nada diante da mulher caída com o rosto enfiado na terra. Levaram-no a um hospital para cuidar da perna. Ele pediu para voltar para casa. Disse que continuaria colaborando com o que fosse preciso para prenderem os responsáveis. "Ninguém é responsável por este mundo que fede", disse o delegado ao intérprete, que não traduziu para o francês. "Isso é péssimo para a imagem da cidade. Muito ruim mesmo." Três dias depois, levaram-no ao aeroporto. O intérprete e um policial o acompanhavam. Ele disse que queria comprar jornais franceses. Entrou na loja sozinho, enquanto o intérprete e o policial o esperavam do lado de fora, e quando saiu já tinha perdido a cabeça. Virou-se para o policial e disse que exigia ser chamado de barão, exigência que o intérprete traduziu ainda sem perceber que o francês tinha ficado louco. Os jornais estrangeiros chegavam atrasados. Tinha comprado um jornal francês de três dias antes, do dia em que chegaram aqui, ele e a mulher, o dia em que foi assassinada. Saiu da loja de revistas do aeroporto com o exemplar do jornal dobrado na mão, em que se lia a manchete da prisão do técnico em informática estampada na primeira página: "Descoberto e abortado plano de destruir o sistema financeiro do país". O cliente tinha sido preso na mesma noite em que embarcaram. Enquanto embarcavam, ele era detido por quarenta policiais armados, que cercaram sua casa a trinta quilômetros de Lagrange, no sul da França. Com sua prisão, ninguém nunca conheceria o segredo. Ele leu a notícia ainda dentro da loja de jornais e revistas, e quando saiu já tinha perdido a cabeça. Tinha mandado matar a mulher à toa. Ela calculou tudo. Deve ter visto a folha coberta de números em cima da mesa. Vivia fazendo contas. Era craque com os números. Calculou tudo. O tempo certo. Mandou uma carta para os banqueiros. Revelou o paradeiro do técnico em informática. E, enquanto embarcavam, ele era preso a trinta quilômetros do castelo do barão. O francês foi tomado pelo horror que ela lhe deixou de herança dentro da loja de revistas do aeroporto, com o jornal velho de três dias na mão. Um horror capaz de varrer toda a lógica deste mundo que fede e onde ninguém é responsável de nada. Somos todos vítimas do horror, mesmo quando estamos matando, somos vítimas inocentes do horror, somos o que somos para provar que Deus não existe, disse o francês ao policial, ao sair da loja de jornais e revistas, e foi quando o intérprete entendeu que de nada adiantava traduzir, pois já não dizia coisa com coisa. O horror é a única coisa que não morre. É inconsolável. Não acreditaram que ele tivesse realmente mandado matar a mulher. Mas também não podiam deixá-lo ir embora depois da confissão. Não encontraram os matadores. Não tinham provas. Precisavam de uma prova. Mais um assalto com homicídio. E o homem ficou louco. Não sabiam o que fazer com ele. Ficou violento. Não podia embarcar. Não sabia mais para onde estava indo. Internaram-no aqui, por via das dúvidas, à espera das provas. A família na França não se manifestou. Não queriam saber. O caso ficou sem solução. A polícia não queria deixá-lo ir embora. Por causa da confissão. Apesar da história que ele repete com detalhes há anos, e que eu acabei de te contar, nada prova que ele mandou matar a mulher. O óbvio não dá provas, embora o mundo precise delas. Por mais que ele insista, ninguém acredita. Oficialmente, foi um assalto. Ninguém acredita que não esteja louco. E é o que ele não pára de repetir. Que matou a mulher e que não é louco. Estou cansado de ouvir essa história. É a mesma ladainha a cada crise. Tanto que já sei contar de cor e salteado. Às vezes fica violento. O resto da vida à espera de provas, para provar que Deus não existe. Chegou aqui dizendo que era o barão não sei do que à procura do marquês de Sade. Volta e meia, como se fosse uma remissão, conta toda a história de novo, em detalhes. Dura só o tempo de contar toda a história e depois volta a dizer que é o barão não sei do que, que está procurando o marquês de Sade. Acha que está num hospício francês no início do século XIX e que só o marquês pode salvá-lo. E aí vem uma outra crise e ele começa a berrar que quer sair daqui. Tem medo. Tem alucinações. Vê coisas. Conversa sozinho como se ouvisse vozes. Acha que não está sozinho. Ouve vozes. Fala com elas. A gente troca de quarto e em dois dias ele volta a ter as mesmas alucinações. Grita para acenderem todas as luzes em plena luz do dia; tem medo de ficar só porque diz que está acompanhado: "Você será tentado por desejos contraditórios". E ainda por cima é racista. Da última vez que tentei acalmá-lo, achou que eu era o demônio. Porque sou negro. Não pode nem me ver pela frente. Então, você entra lá, e quando ele disser aos gritos que está morto, que viu o diabo em pessoa, que estamos todos mortos, tenta explicar para ele que aqui não é o inferno e que ele não está morto, mas com jeito, vai, tenta convencer o sujeito de que estamos no Rio de Janeiro.

SOBRE O ESCRITOR-PERSONAGEM

Donatien Alphonse François, o marquês de Sade, nasceu em 1740, em Paris, e morreu em 1814, no hospício de Charenton, onde estava internado desde 1803 e onde costumava encenar peças teatrais com os loucos. A radicalidade irredutível de sua obra literária e de sua filosofia libertina fez com que passasse boa parte da vida encarcerado. Sua biografia é pontuada por escândalos sexuais, fugas e prisões. Casa-se a contragosto em 1763. Cinco anos depois, acusado de submeter a prostituta Rose Keller a flagelos físicos sob o pretexto de testar uma nova fórmula cicatrizante, passa mais de sete meses na cadeia. Em 1772, depois de uma orgia com seu criado e quatro mulheres, em Marselha, é acusado de envenenamento, foge para a Itália e, condenado à morte "por contumácia", acaba preso perto da fronteira com a Suíça. Escapa com a ajuda da mulher. É preso novamente em 1777 e transferido para a Bastilha em 1784, onde escreve algumas de suas obras-primas, como *Os cento e vinte dias de Sodoma*. Esses manuscritos serão pilhados durante a tomada da Bastilha, em 1789. Em liberdade, chega a colaborar por um curto período com a Revolução Francesa, como simples cidadão, mas a singularidade radical de suas idéias é incompatível com a nova ordem social e política, e o marquês acaba condenado à morte por "moderantismo". É salvo pela queda de Robespierre. Seu castelo, em Lacoste, no sul da França, é vendido. Vive na miséria até ser preso de novo em 1801, acusado de pornografia pelos contra-revolucionários, que vêem nos seus textos a manifestação do Terror na literatura. Títulos como *A filosofia na alcova*, *Aline e Valcour*, *Justine* ou *História de Juliette*, entre outros, continuariam a ser perseguidos e a provocar indignação quase duzentos anos depois de escritos. Em 1957, o editor Jean-Jacques Pauvert foi condenado na França por publicar os livros de Sade. A comoção provocada por essa obra peculiar vem em parte das cenas libertinas que ela descreve — das quais os homens participam como elementos mecânicos de uma grande máquina sexual —, mas sobretudo de uma filosofia implacável, que põe a nu o paradoxo da própria condição humana, seu fundamento trágico e a hipocrisia dos códigos morais e sociais. Em 1801, um contemporâneo escreveu a propósito de Sade:

> *Se o prazer que me dá o exercício da virtude é da mesma natureza que o gozo físico, [...] se a aprovação da minha consciência não passa de cócegas agradáveis aos meus nervos, que responderia eu àquele que prefere um prazer a outro? Que diria eu ao facínora e ao assassino que encontram prazer nos seus crimes, a não ser que devem tomar cuidado para não sofrer os castigos?*

B. C.

SOBRE O AUTOR

Bernardo Carvalho nasceu em 1960, no Rio de Janeiro. É escritor e jornalista. Foi editor do suplemento de ensaios *Folhetim* e correspondente, em Paris e em Nova York, da *Folha de S.Paulo*, jornal em que escreve uma coluna semanal sobre literatura. Publicou uma coletânea de contos (*Aberração*, 1993) e quatro romances (*Onze*, 1995, *Os bêbados e os sonâmbulos*, 1996, *Teatro*, 1998, e *As iniciais*, 1999), todos pela Companhia das Letras. Seus livros também foram editados na França, em Portugal e na Itália.

ESTA OBRA FOI COMPOSTA PELO GRUPO DE CRIAÇÃO EM FILOSOFIA,
TEVE SEUS FILMES GERADOS PELO BUREAU 34 E FOI IMPRESSA PELA
HAMBURG DONNELLEY GRÁFICA EDITORA EM OFF-SET SOBRE PAPEL PÓLEN BOLD
DA COMPANHIA SUZANO PARA A EDITORA SCHWARCZ EM ABRIL DE 2000